最強同心 剣之介

紅蓮の吹雪

早見　俊

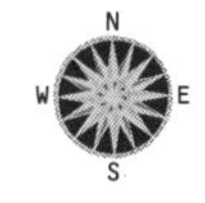

コスミック・時代文庫

この作品はコスミック文庫のために書下ろされました。

目次

第一話　斬り捨て御免

一

「熱燗の美味い時節になったのう」

山辺左衛門は目を細めた。

元来が細い目のため、糸のようだ。

鎌倉河岸の縄暖簾である。

長月の三日、秋が深まり、夜風が肌寒い時節だ。天井からつるされた八間行灯の淡い灯りが、郷愁を誘う。

「山辺のおっさん、年中言っているっすね。夏になったら冷やが美味い、春はぬる燗が美味いってさ」

佐治剣之介は、山辺の常套句にからかいの言葉を投げかけた。歳若いのに剣之介は山辺にぞんざいな言葉遣いだ。

　ふたりは火付盗賊改方、いわゆる火盗改の同心である。

　山辺がいかにも同心然とした様子なのに対し、剣之介は型破りだ。口の利き方も型破りさの表れであるが、いままでの慣れと、剣之介の人柄にぴったりと似合っているため、山辺は気にもしていない。

　すらりとした長身、袴は穿かない白衣姿なのは同心らしいのだが、同僚たちと違い、萌黄色地に昇り龍を描いた派手な小袖、重ねた黒紋付の裏地は真っ赤という異彩を放っている。そのうえ、小袖の下には紅襦袢を着ているのだ。

　おまけに右脇に置いたのは大刀ではなく、長脇差、つまり長ドスだ。しかも鞘は朱色、鐺は鉛で覆われていた。

　総じて侍とは思えない、やくざないでたちである。

　では強面かというと、剣之介は細面の優男ながら目つきが鋭く、餓鬼大将がそのまま大きくなったような容貌だ。

　実際、火盗改になる前、剣之介はこれといった定職には就かず、金貸しの父親からの依頼で取り立てをやっていた。

　相手がやくざだろうが浪人だろうが、躊躇なく、ときには腕ずくで取り立てる。

そのときの剣之介の肝っ玉と腕っ節に、若き日の自分を重ねた火盗改頭取・長谷川平蔵が、みずからの組織に取り立てたのである。

その素行のせいで、火盗改内では、「ぶっ飛び野郎」などと呼ばれていた。

「ま、いいじゃないか」

臆することなく、山辺は燗酒のお替わりを頼んだ。

山辺はと言うと、背は高くはないが、がっしりとした身体つきと浅黒く日焼けした顔が相まってたくましさを感じさせ、細い目と団子鼻が、なんとも親しみを覚えさせる。

紺地無紋の小袖を着流して黒紋付を重ねるという白衣姿ながら、巻き羽織ではなく、髷も小銀杏には結っていない。このため、町奉行所の同心、いわゆる八丁堀の旦那よりも武張って見えた。

脇に置いているのは、剣之介と違って定寸の大刀、もちろん羽織の裏地が真っ赤ということもない。

ふたりの共通点といえば、酒好きということだ。もっとも、剣之介はいくら飲んでも乱れないが、山辺は過ぎると愚痴っぽくなり酒に呑まれてゆく。

そんな山辺は、

「おおっ、たまらんな」

と、団子っ鼻をくんくんとさせた。

秋刀魚が焼かれる匂いが漂ってきたのだ。迷わず、山辺は秋刀魚の塩焼きも注文した。

「いいっすねえ、おっさんは幸せそうで」

皮肉めいた剣之介の物言いにも、山辺はおおいにうなずき、

「人間な、時節ごとの美味い物を食い、酒を飲めれば幸せだ。飲み食いを楽しんでいるうちは、達者な証だからな」

「そりゃまあ、そうっすね」

「よし、今夜はおおいに飲むぞ」

意気軒高となってから山辺は、「割り勘でな」と言い添えた。

深酒するのは毎度だが、剣之介はうなずいた。追加の酒を受け取り、

「それにしても、このところ暇っすね」

剣之介は大きく伸びをした。

「火盗改が暇なのは、いいことだぞ」

これも山辺の口癖である。

「そう言われりゃ、そうっすけどね」

剣之介は燗酒を猪口に注いだ。

すると、娘がこちらに近づいてきた。

歳のころ十四か五か、矢絣の小袖がよく似合っている。瑞々しい肌、無垢な面差しの乙女だが、どこか儚げだ。

娘は、剣之介と山辺のそばで立ち止まった。

「あの……お侍さま、火盗改の山辺さまですよね」

娘は山辺を知っているようだったが、山辺は心あたりがないようで、首を傾げて口を半開きにした。すでに酔いで目元や団子っ鼻が赤らんでおり、締まりのないことこのうえない。

「仙蔵の……鼬の仙蔵の娘です」

娘は衣と名乗った。

山辺に父親の名を告げたところを見ると、父親は盗人であろうか、と剣之介は推測した。

山辺は記憶の糸を手繰るように虚空をぼんやりと見ていたが、やがてお衣に視線を戻し、

「おお、鼬の仙蔵なあ。うむ、思いだしたぞ。足を洗って堅気になっていると聞いたが、達者か」

と、笑顔を向けた。

やはり、仙蔵はこそ泥であった。茶店や縄暖簾、一膳飯屋で客の隙をついて脇に置いた品物を盗む、いわゆる置き引きである。

ある日、縄暖簾で飲んでいた山辺の財布を盗もうとしたが、あいにくと山辺はまだ酔っておらず、すぐさま気づいて捕縛した。

だが、仙蔵が深く反省したため、軽い刑で済ませ、石川島の人足寄せ場に送ったのだった。

五歳の娘とふたり暮らしで、娘を食わすために盗みをおこなっている、という仙蔵の言葉に同情したせいもあった。

幸いなことに、仙蔵は寄せ場で飾り職人としての技量を身につけ、立派に立ち直ったのである。

その仙蔵の娘であるお衣は、思いつめたような顔で、

「父は殺されました。お侍に……」

と、つぶやくように答えた。

一瞬、ぽかんとしてから、

「殺された……とは死んだということか」

酔いと驚きで山辺は混乱した。

「まあ、座ったらどうっすか」

剣之介は膝（ひざ）を送り、お衣のために席を設けた。

「おお、そうだ。どうだ一杯……」

思わず山辺は酒を勧めたが、それどころではないし、娘に酒を勧めた不見識にすぐ気づいて、持ちあげた徳利（とっくり）を箱膳に置いた。

剣之介はお衣のために、お茶をもらった。

「どうして殺されたのだ。そもそも、その侍とやらは何者だ。いつのことだ、どこでだ」

次々と思い浮かぶまでに、山辺は質問を投げかける。お衣は整理がつかず、言い淀んでしまった。

「おっさん、そんなに一度に聞いたら、答えられないよ」

剣之介が注意すると、

「それはそうだ、すまんかった」

山辺は詫びてから、お衣が語るに任せた。

「おとっつぁんが斬られたのは、三日前の昼でした」

両国西広小路の茶店で、仙蔵はひと休みをしていた。手先が器用で、飾り職人となっていた仙蔵は、出入り先の小間物屋に簪をおさめた帰りであった。

「そこで、父は御家人、君塚昌五郎さまに無礼を働いた咎で、斬り捨てられたのでございます」

お衣は悲痛に顔を歪ませた。

「無礼討ちか」

山辺は舌打ちをした。

無礼討ち、または斬り捨て御免である。武士は路上で町人から無礼を働かれた場合、手討ちにすることが許されている。逆に無礼を働かれながら、なにもせずにやりすごすと、武士にあるまじき所業と批難された。

ただし、無制限に斬っていいものではない。

町人が、たしかに無礼を働いたことを証明できる場合にかぎる。つまり、証人がいればよいのだ。

もし、無礼を働かれていないのに、例えば酒に酔った勢いで町人を斬ったりなどすれば、無礼討ちとは見なされず、単なる人殺しとして裁かれた。

江戸市中であれば、侍であろうと町奉行所に捕縛され、侍の身分を剥奪されて切腹すら許されず、打ち首に処せられる。

「町奉行所は、無礼討ちだと認めたのか」

山辺の問いかけに、

「はい……南の御奉行所が」

か細い声で、お衣は答えた。

その顔は納得がいかない様子である。

お衣は、奉行所で聞いたという仙蔵の無礼の様子を話した。

「最初、おとっつぁんは、隣りあわせた君塚さまの財布を手にしていたらしいのです」

「それでは、無礼と言うより、盗みを働いたことになるではないか」

「いいえ、御奉行所が茶店に確かめました。なんでもおとっつぁんは、君塚さまが懐中から落とされたお財布を、拾ってさしあげたんだそうです。そのことは、君塚さまもおわかりになって、その場はおさまったんです」

誤解が解かれ、ほっとしたのも束の間、君塚は突如として怒りだした。

「君塚さまがおっしゃるには、おとっつぁんが足を踏んだと。それで、そのことを注意なさったのに、謝りもせずに立ち去ろうとしたんだとか」

茶店を出た仙蔵を、君塚は追いかけた。

そこで、仙蔵はさらに君塚に、悪態(あくたい)をついたのだとか。

とうとう君塚は、

「無礼者！」

と叫んで刀を抜き、仙蔵を一刀のもとに斬り捨てた。

「おとっつぁんは、無礼を働くような人じゃありません。面と向かって、喧嘩(けんか)になるような悪口(あっこう)なんか言いません」

お衣は強く主張した。

「仙蔵が悪態をついたという証人はいるのか」

山辺が問いかけると、

「ええ、何人か……」

消え入るような声で、お衣は答えた。

「ならば……」

やはり無礼討ちではないか、と山辺は言いかけて口をつぐんだ。

「南町は無礼討ちってことで、落着させようとしているんだね」

そこで剣之介が確かめた。

「そうなんです」

不満そうに、お衣は眉根（まゆね）を寄せた。

次いで、

「山辺さま、おとっつぁんの無念を晴らしてください」

「気持ちはわかるがな……無念を晴らすとは、仙蔵の仇（あだ）を討てということか。君塚昌五郎殿を……」

それ以上の言葉を、山辺は呑みこんだ。お衣の気持ちはわかるが、火盗改の同心という役目上、それはできない。

お衣は目を伏せた。

お衣とて、御家人を討ち果たしてほしいなどと、頼めないことはわかっているだろう。わかっていながら、理不尽に斬られた仙蔵のために、黙ってはいられない……泣き寝入りができないのだ。

山辺もお衣の苦悩がわかるだけに、どうすればいいのか困惑の表情で、剣之介のほうを見た。

剣之介はお衣に向き、

「まずはさ、無礼討ちについて調べるよ。親父さんが君塚って御家人に、本当に無礼を働いたのか……それをあきらかにする。で、もしだよ……もし、親父さんが無礼なんか働いてなくて、君塚の一方的な言いがかりで斬られたとしたら、君塚に罪を償（つぐな）わせる……どうだい、これでいいだろう」

と、語りかけた。

山辺も、

「そうだ。それがよい。しっかりと確かめる」

決意を示すように胸を張った。

お衣は顔をあげ、首を縦（たて）に振った。強張（こわば）った表情が、幾分かやわらいでいた。

二

翌四日、お衣の頼みを聞き、剣之介と山辺は手分けをして探索することにした。

剣之介は現場で聞きこみをおこない、山辺は事件を扱った南町奉行所に出向く。

両国西広小路、江戸きっての盛り場である。

剣之介は火盗改の同心になる前、よく遊びにきていた。

爽(さわ)やかな風が吹き、抜けるような青空が広がっている。往来は行き交う男女の笑顔で、溢(あふ)れ返っていた。

事件のあった茶店は、表通りから路地を入った突きあたりだという。

すると、

「こりゃ、若旦那」

と、声がかかった。

「なんだ、義助(ぎすけ)か」

父・音次郎(おとじろう)の貸付金の取り立てをやっている、義助である。ぬぼっとした面差しの中年男で、絣の着物を着流し、腰には矢立(やたて)を差していた。

「取り立てか」

剣之介が問いかけると、

「ええ、旦那は相変わらず、厳しい方ですからね。で、剣之介さん、どうしたんですか。盗人の探索ですか」

「盗人じゃなくてな……ああ、そうだ。おまえ、聞いてないか。この界隈(かいわい)で起きた無礼討ちの一件だ」

剣之介が問いかけると、

「聞いてますよ。とんだこってね。というより、あたしはですよ、そのおかげで大迷惑をこうむっているってわけでしてね」

義助は両手を拡げ、お手あげだと言い添えた。

「なんだ、どうしたんだ」

「無礼討ちをした君塚昌五郎って御家人さんに、音次郎の旦那が、金を貸していなさるんですよ」

意外な展開になりそうだ。

「いくらだ」

「五十両ばかりなんですがね」

「君塚は返そうとしないのか」

「そうなんですよ」

困ったとばかりに、義助は剣之介に訴えかけた。

「無礼討ちをしたって聞くと、君塚って男、相当に傲慢(ごうまん)で血の気のある人柄なんじゃないのか」

剣之介の推測に、

「それがですよ……これがなんとも気の小さなお方なんですよ。旦那のところに金を借りにきたときも、畳に額をこすりつけて拝むようにして借りたんです」

　義助は両手を広げ、ひれ伏す真似をした。

「そりゃ、金を借りようとしたからだろう。必死だったんだ。土下座（どげざ）くらいするだろうよ」

　剣之介の言葉に、義助は首を左右に振った。

「それが、あたしが取り立てに行ってもですよ。あたしを裏口ではなく玄関で応対して、わざわざご足労くだされたのですが、あいにくと金がないのです……などと、拝まんばかりに謝ってきまして。そうなるとこっちも恐縮しちまって、取り立てる気が萎（な）えてしまうんですよ」

「そんな奴が無礼討ちをしたのか」

　剣之介の疑問に、

「ですからね、あたしはそれを聞いたときに、首を傾げたんですよ」

　義助も首を捻（ひね）った。

「しかし、その場での君塚は、相当に傲慢な態度であったのだろう。無礼とは言うが、悪態をつかれただけなのだぞ。よほど腹に据（す）えかねたのかもしれんが、だからといって普通、斬るかな」

「あの君塚さまがねえ」

納得ができないように、義助は首を捻り続けた。

「酒じゃないのか。酒を飲んだら人が変わる、よくそんな手合いはいるぞ。いや、むしろ普段おとなしくしている分、鬱憤が溜まっていて酒で気が大きくなり、箍が外れて乱暴になる……それが酔っ払いってもんだよ」

「そりゃたしかに酔っ払いはそうでしょうが、君塚さまは下戸なんですよ」

「ふうん……それ、たしかなのか」

剣之介は疑った。

「ええ。一度、ご馳走になったことがあるんですよ」

義助は君塚に誘われ、鰻屋に入ったのだそうだ。

「せっかくなんで」

義助は君塚も飲めると思って、酒を頼んだ。ところが、猪口を一杯飲んだだけで君塚は真っ赤になり、もう飲めないと猪口を置いたのだとか。

「酒が苦手なのは本当のようです。ですから、酒の勢いで刀を抜くということも考えられませんね」

「なるほどな」

剣之介は顎を掻いた。

「まあ、世の中、なにが起きても不思議はないんですがね」

達観めいたことを、義助は言った。

「じゃあ、君塚さまのお屋敷に行きますか」

義助の誘いを、

「おいおい、手助けするふりをして、おれに取り立てを任せるつもりか」

剣之介は勘繰った。

「まあ、それもありますがね。無礼討ちの一件をお調べなら、ご本人に会うのが手っ取り早いでしょう」

もっともらしい言いわけを、義助は口にした。

「ま、いいだろう」

君塚への好奇心も手伝って、剣之介は応じた。

「そうこなくちゃ」

義助が喜ぶと、

「やっぱり、取り立てじゃないか」

苦笑を浮かべ、剣之介は義助の額をぽかりと叩いた。

義助の案内で、君塚の屋敷にやってきた。

両国橋を渡った佐賀町の北、半町ほど歩いたあたりだ。

御家人の屋敷らしく、こぢんまりとしている。板塀に囲まれ、御徒町にある剣之介の屋敷同様、百坪ほどの広さであろう。門番などいるはずもなく、表門脇の潜り戸は開いたままだ。

板塀は穴だらけで、野良猫が出入りしている。

慣れた様子で、義助は屋敷の中に入っていった。

庭は荒れ放題で、薄が風に揺れているが雑草が生い茂っているため、およそ風情というものが感じられない。母屋の屋根も葺き替えられた様子がなく、ところどころはがれている。雨漏りもしているようで、縁側には黒い染みが目立った。

縁の下は野良猫の棲み処となっているらしく、鳴き声が聞こえた。

庭に面した座敷の障子が閉じられているが、それも穴だらけだった。

「ひどい暮らしぶりでしょう」

義助の言葉に、剣之介は本心からうなずき、

「立派なあばら家だな」

母屋を見あげた。

「失礼いたします」

義助が、母屋の玄関で声をかけた。

待つほどもなく、格子戸が開いた。出てきたのは中年の、見るからに冴えない男だった。よれた着物を着流し、月代も無精髭も薄っすらと伸びている。目はとろんとし、まるで覇気が感じられない。

「君塚さま」

義助は揉み手をした。

「おお、これは義助殿か。いやあ、わざわざ足を運んでくださりかたじけない。ご用向きがあったなら、こちらから出向いたものを」

恐縮しながら君塚は、ちらっと剣之介に視線を向けた。義助が剣之介をどのように紹介すればいいのか迷っていると、

「おれ、火盗改の佐治剣之介です。よろしく」

剣之介は堂々と名乗った。

「はあ……火盗改の佐治殿ですか」

君塚は礼を返したものの、どうして火盗改が訪ねてくるのだという怪訝そうな顔つきとなった。

「君塚さん、無礼討ちしたでしょう。そのことで聞きたいんだ」

前振りもなく、剣之介は本題に入った。

「はあ……」

ますます理解できない様子であったが、

「まあ、ともかく、おあがりくだされ」

君塚に案内されて、剣之介たちは玄関をあがった。

廊下は埃にまみれている。

剣之介はあからさまに顔をしかめ、

「ちょっと君塚さん……廊下がさ、ざらざらしているっすよ。掃除したほうがいいっすよ」

剣之介らしい遠慮のない物言いに、

「すみませんな。なにしろ、男寡に蛆が湧くといった次第でござってな」

怒るでもなく頭を掻き掻き、君塚は詫びた。

「ひとり住まいですか」

剣之介が問いかけたところで、居間に入った。居間もさぞや荒れて不潔だろうと覚悟していたが、庭や廊下を見たあとだけに、決してきれいではないが片付いてはいた。

というか、なにもないのである。

縁のすりきれた畳が敷かれているだけで、花瓶ひとつなく、従って花の一輪もない殺風景さである。だがそれも、君塚の風貌には、よく合っていた。

唯一、武家屋敷らしいのは床の間にある刀掛けだ。刀掛けには、大刀が掛かっていた。ひょっとしたら竹光かもしれないが、それなら無礼討ちはできない。

「まあ、お座りくだされ。ご覧のとおりの侘び住まい、なんのおもてなしもできぬが」

君塚は言った。

剣之介はどっかとあぐらをかき、義助は斜め後ろに控えた。

「義助殿、借財なのですがな、いましばらく待ってほしいのだ」

このとおり、と、まず君塚は頭をさげた。

「ええ、そりゃまあ……ですがね、せめて利子だけでも……あたしも手ぶらじゃ帰れませんよ」

義助が返したところで、

「そうですな。たしかに手ぶらでお帰りいただくのは申しわけない。それでというわけではないのだが、十両ばかり貸していただこうか。音次郎殿の貸金業に、微力ながらお役に立てるというわけですな」

真顔で君塚は申し出た。

いかにもすまなそうな体となっているが、言っていることはずうずうしいことこのうえない。盗人に追い銭とは、まさにこのことだ。

一見、落ちぶれた御家人のようだが、ひと筋縄にはいかない図太さと、腹の底の知れぬ不気味さを漂わせている。

「そりゃ、いくらなんでも、うちの旦那は承知しませんよ」

右手を強く横に振る義助に、

「そこをなんとかしてくれぬか」

君塚は両手を合わせた。

「そんなことなさっても無理ですよ」

義助は顔をそむけた。

「……わしと義助殿の仲ではござらぬか」

「仲って……」

困り果てたように、義助は顔をしかめた。

「なにも、自分の道楽に使おうというのではないのだ」

君塚は言い添えた。

三

「なら、なににお使いになるんですか」

つられるようにして、義助が問いかけると、

「無礼討ちにした相手の身内に届けるのだ」

しんみりとなって君塚は答えた。

義助は剣之介を見た。

「その無礼討ちだけど、どうしてあんたは仙蔵さんを斬ったんですか。仙蔵さんは飾り職人だ。丸腰だったんでしょう」

ずばり、剣之介は問いかけた。

「そうなのです。ああっ……わしはなんということをしたんだ」

君塚は両手で頭を抱えた。

いまさら悔いても遅い、と怒鳴りつけたかったが、剣之介はぐっとこらえて、

「どうして斬ったんすか」

と、問いかけを重ねた。

「無礼を働かれたのです」

頭から両手を離し、君塚は虚ろな目で答えた。

「どんな無礼だったんすか」

「足を踏まれたのです。わしが注意をしても、知らん、ととぼけるので、いくらなんでもそれは失礼極まる、と問いただしたのです」

「両国西広小路の茶店で、いさかいが起きたんですよね」

「ええ、それで、茶店に迷惑がかかってはと、外に出たのです。外で話しあおうと思ったのですが、仙蔵はいきり立つばかりで、さんざんにわしを罵倒しました。野次馬連中も集まってきて、騒ぎとなりましてな」

君塚は、どうにも引っこみがつかなくなってしまった。

「それで、やむをえず……」

心ならずも、君塚は刀を抜いたのだそうだ。

「無礼を働いたとは申せ、まことに気の毒なことをした。いまは心から悔いております」

まるで剣之介が仙蔵の身内であるかのように、君塚は深々と頭をさげた。

が、すぐに頭をあげ、

「それで、せめてもの詫びに、香典として十両を届けようと思いたったのでござる。おわかりくださされましたな。決して、私腹を肥やすためではござらん」

至極もっともな顔で、君塚は言った。借金は私腹を肥やすのとは違うと剣之介は思ったが、君塚のつかみどころのなさに、どうでもよくなった。

「なるほど」

君塚の身勝手でとんちんかんな論法に、義助は丸めこまれたようだ。

「仙蔵さんの住まいはわかっているんすか」

冷静に剣之介は問いかけた。

「永代寺の裏手にある長屋だと、南の奉行所で聞きました。なんでも、娘御がおひとり、おられるとか。父と娘のふたり暮らしだったのですな。そんな親と娘の暮らしを、わしは無残にも打ち砕いてしまった」

今度は天を仰ぎ、君塚は絶句した。

しんみりとなった義助に、

「頼みます。十両を」

ふたたび君塚は頼みこんだ。

さすがにここにきて義助も、君塚に乗せられてはならじと思ったようで、

「今日聞いて、すぐには用立てられませんよ」

「もちろんでござる。ですから、明日でよい。いや、二、三日のうちに届けてくだされば十分なのだ。いや待てよ。善は急げじゃな。やはり、明朝だ。父親を亡くし、打ちひしがれている娘を思うと、一刻も早く届けてやりたい。わしの都合ではなく、娘のためを思ってくだされ。音次郎殿もわかってくれよう。明朝、お頼み申す」

生来の口達者なのか、君塚は臆せず言いたてる。茫洋とした風貌との落差があるため、義助も惑わされているようだ。

「そ、それは……」

五十両の貸付があるのに、そのうえ十両を貸すなど、音次郎が聞けば盗人に追い銭だと激怒するに決まっている。音次郎と君塚の板ばさみに遭って苦闘する義助に、剣之介は助け船を出してやることにした。

「君塚さんは親切で言っているんだろうけどさ、娘が受け取るかな」

「受け取るのではござりませぬかな。むろん、喜びはしないでしょうが、やはり、金というものはいくらあってもいいですからな」

迷いもなく、君塚は肯定した。

「それは、そうでしょうがね」

いまや義助は、すっかりと困り顔である。

「それくらいしか、してやれんのですよ。ご覧くだされ、このあばら家……情けないかぎりでござる。武士は食わねど高楊枝と申しますが、楊枝すらないのですからな。こんなわしが頼れるのは、義助殿、音次郎殿だけ……わしを助けるのではなく、娘に救いの手を差し延べてくだされ」

滔々と、君塚はまくしたてた。

「まあ、そうですが」

義助もうなずく。

「では明朝、お待ちいたします。となりますと、髭くらいは剃っていかねば……湯屋にも行っておくべきですな。羽織……黒紋付は……ああ、そうだ。質に入れたままだ。去年の今時分だから、もう流れておるか」

もう借りたつもりで、さまざまな算段をはじめた。もしかすると、支度をするため、さらに金を借りたい、などと言いだすかもしれない。

剣之介は呆れる思いを抱きながらも、ふと、

「君塚さん、身内はいないのかい」

と、聞いた。

「二親は五年前に流行り病で他界。妻も一昨年に、病で亡くしました」

君塚が答えると、

「それはお寂しいですね」

ついつい義助が返した。

「ならば、十両、お頼み申す」

念を押すように、君塚は頭をさげた。

「わかりました」

と、反射的に返事をしてしまってから、

「ですから、それは困りますって」

あわてて義助は否定した。

君塚は顔をしかめ、

「義助殿、何度、申したらわかってくださるのじゃ。残された娘が可哀相ではござりませぬか。これは情において忍びない、そうではござりませぬか。義助殿にも血が通っておりましょう。くどいが、わしは十両のうち、一文たりとも使うつもりはないのです。よくお考えくだされ。義助殿、音次郎殿は、君塚昌五郎という男を介して人助けができるのですぞ」

もっともな御託であるが、娘から父親を奪ったのは君塚なのである。

「君塚さん、あんた、どうしてそんなに金が必要なんだい。十両はわかるよ。無礼討ちの慰謝料にしたいんだろう。だけど、これまでに借金を重ねてきたのはどうしてだい」

剣之介の問いかけに、

「火盗改の同心殿は不自由のない暮らしぶりなのかもしれませんが、わしのような無役の御家人は困窮しておるのです」

またも、もっともらしく君塚は答えた。

「それはわかるけどさ、それにしたって、急に五十両も借りるっていうのは、なにか金が必要になったってことでしょう」

剣之介は問いを重ねた。

「それはまあ、その、なんでござる。この屋敷もがたがきておりますから、修繕をしたり、妻の薬代も要しました」

周囲を見まわした剣之介は、首を捻った。

「修繕たってさ、どこ直したんすか。こんなぼろぼろでさ。それに、奥さんを亡くしたのは二年前だったんでしょう。亡くなってから薬代を工面したのかい」

「それはまあ、ほかにもいろいろと、入用がございましてな」

痛いところを突かれたらしく、君塚はしどろもどろとなって頭を掻いた。

「ほかにってなに」

こんなときの剣之介は容赦がない。

「そこは武士の情け、打ち明けるのは、どうぞご容赦をくだされ」

「都合よく言いのがれるね。ところで君塚さんは、酒は飲まないんだって」

突然、話題を変えた。

君塚は頭をさげた。

「情けないことに、下戸でござる」

「女は……」

剣之介は右の小指を立てる。

君塚は手を左右に振って、

「見たとおり、女には無縁の男でござります」

「こっちは」

今度は賽子を振る真似をした。

「滅相もない」

ここで君塚の目が泳いだ。

「あれ、好きなんじゃないの」

剣之介は追及する。

「好きか嫌いかと問われれば、嫌いではござらぬ。と言っても、わしは小心者ゆえ、大金を賭けるなどはとてもできませぬ」

君塚はうなだれた。

「そうか、博打にのめりこんだってわけか」

剣之介が決めつけると、むきになって君塚は否定した。

「のめりこんではおりませぬ」

これまでとは打って変わって、言葉数が少ない。やはり、博打で身を持ち崩したのかもしれない。

「ま、いいさ。とにかく借金は返さないといけないですよ。だけどさ、どうやって返すんですか」

「懸命に返します」

「懸命にって、具体的に言ってよ」

剣之介が責めると、義助は頭を抱えた。

「それは、まあ、いろいろと」

「はっきり言ってくれないかな」

「その、なんでござる。わしは、これでもこっちのほうには自信がござってな」

君塚は刀を振るう格好をした。

なるほど、丸腰の仙蔵相手とはいえ、一刀のもとで斬り殺している。火盗改の同心ならともかく、無役の御家人が真剣を振るう機会など滅多にない。それでも、一刀で仕留めるとは、それなりに武芸の修練を積んだに違いない。

「剣術の道場でも開こうってわけっすか」

「そうではござらぬ。道場を開くとなりますと、金がかかる。それに、門人を集めなければなりませぬからな。ですから、わしの腕を買ってくれるところ……まあ、有り体に申せば賭場の用心棒でござるよ」

君塚にしては、信憑性のある言いわけである。

「へ～え、賭場の用心棒ですか」

義助も信じる風だ。

「もうあてはあるんですね。どこの賭場ですか」

剣之介が尋ねる。

「浅草奥山の博徒、ざっかけの瓢吉の賭場です」

ざっかけの瓢吉とは、これまた妙な名前である。

「ああ、近頃評判の賭場ですね」

どうやら義助は知っているようだった。

剣之介が目で問うと、

「あたしは通っていませんよ。ただ、瓢吉の賭場に出入りして借金を背負った者たちが、音次郎旦那に金を借りにくるんですよ」

その二つ名のとおり、ざっかけない、気軽に遊べる賭場という触れこみらしいのだが、通っているうちに負けがこんでしまうそうだ。

いかにも胡散くさそうな賭場である。

「その賭場の用心棒をやることになったきっかけは」

剣之介は尋ねた。

「まあ、なんですな、ついつい通ってしまって」

情けないことに、と君塚は頭を掻いた。

「困ったお人ですね」

義助の言葉に、君塚はしおらくしく頭をさげる。

「面目ない」

どうやら、君塚は賭場で作った借金を、用心棒を請け負うことで返済するつもりのようだ。

「これが、月に五両ですのでな、音次郎殿の借財もじきに返済できますぞ」

調子のいいことを、君塚は並べた。

「そんなことおっしゃって、月にいくらずつ返済なさるんですよ。五両丸々ってわけじゃないでしょう」

「まあ、そうですな。四両を返済にあてます。月に一両もあれば、暮らしは十分に成り立ちますから」

別に誇ることではないのだが、君塚は胸を張った。

「一年以上もかかるのか。気が遠くなりますね。音次郎旦那が了承なさるかどうか……」

　ぼやく義助に、

「ともかく、頼みます」

君塚はなおも頼みこみ、とりあえず今日のところは帰ることにした。

が、ふと、

「君塚さん、あの刀、竹光っすか」

剣之介は床の間の刀掛けを見た。

答える前に君塚は腰をあげ、刀掛けから大刀を手に取り、剣之介に差しだした。

剣之介は両手で受け取り、抜き放った。

　竹光どころではない。

　匂いたつような刃紋（はもん）である。みすぼらしい暮らしぶりとは対照的な、武士の威厳を感じさせた。武士の魂（たましい）は失っていないという、君塚なりの意地なのだろう。

「よく手入れなさっていますね」

　仙蔵を斬ったときの血糊（ちのり）も見られない。

「刀ばかりは捨ておけませぬ」

　君塚は静かに言った。

屋敷を出たところで、

「とぼけた御仁でしょう。つかみどころがないって言いますか……」

義助は呆れたように言った。

「変わり者だな」

剣之介にも異存はない。

「あれじゃあ、取るものも取れませんよ」

義助は、ぼやくことしきりだ。

「刀の腕が立つのは、たしかだろうよ」

でも、そこが引っかかる、と剣之介は言った。

「なにかありますか」

「まあな。それより、事件の起こった茶店に行ってみるか」

剣之介は義助の返事を待たずに歩きだした。

義助もあわててついてきた。

四

菰掛(こもが)けの茶店は、父と娘が営んでいた。蓬団子(よもぎだんご)が名物だそうだ。さっそく義助が、蓬団子とお茶を頼む。

幸い、何人かいた行商人風の客は、すぐに店から出ていった。

義助が、娘に声をかけた。

娘はにこにこと愛想を振りまきながら、こちらにやってきた。

「すまないね。ちょいと、先だっての無礼討ちについて聞きたいんだ」

義助が頼むと、娘は身構えた。

剣之介が、

「思いだすのはつらいかい」

「それもありますけど……御奉行所でも、何度も証言したんです。ですから、もう話すことがないんです」

娘は辟易(へきえき)としているようだ。

「そいつはすまなかったな。でもさ、もう一回だけ、話を聞かせてくれよ」

剣之介は気さくな調子で頼んだ。

「わかりました」

不承不承といった様子で、娘は承知した。

「侍と町人……」

剣之介が切りだすと、

「仙蔵さんですよね」

娘は仙蔵のことを、知っていると言う。この近くの小間物屋に品物をおさめた帰りに、よくこの店に立ち寄っていたのだそうだ。

「それなら、話は早いね。仙蔵さんは君塚って御家人に、無礼な振る舞いをしたのかい」

「いいえ」

即座に娘は否定した。

「そのときの様子を聞かせてくれ」

問いを重ねる。

「仙蔵さんはいつものように蓬団子を召しあがり、煙草（たばこ）を一服なさいました。普段どおりの、とっても穏やかな様子でした。そこへ、お侍さまが入っていらして、仙蔵さんの向かいにお座りになったんです」

娘は、ふたりが座った縁台を見やった。

君塚はふらっと店に入ってきて、仙蔵の向かいに座った。お茶を飲み、なにやら苛立たしそうに周囲を見ていたそうだ。

「それでお侍さまが、財布を落とされたのです。それを仙蔵さんは、ご親切に拾って差しあげたんです。それをお侍さまったら……」

君塚は受け取り、礼を言うどころか、財布を盗もうとした、と仙蔵を激しく叱責した。

仙蔵はとんだ濡れ衣をかけられながらも、そうではないと低姿勢になって説明をしたのだが、君塚は聞く耳を持たず、怒りを増すだけとなった。

それで娘が、

「仙蔵さんはお財布を拾っただけだって、わたしが強く言ったんです」

ようやくと君塚は冷静さを取り戻し、その場はおさまった。

誤解が解けたと安堵して、仙蔵は店をあとにしようとした。

すると、

「今度は、仙蔵さんが足を踏んだ、とお侍は言いだしたんです」

娘は怒りの表情となった。

ふたたび君塚が怒りだすと、これ以上、店に迷惑はかけられない、と仙蔵は店から出ていった。

「わたしは気になりまして、あとを追いかけようとしたんです。ですが、お客さんが大勢入っていらして」

応対にあたり、追いかけることができなくなった。

「すると、無礼討ちの現場には居合わせなかったんだね」

剣之介の問いかけに、娘は、そうです、と首を縦に振った。

「でも、仙蔵さんにかぎって、無礼な振る舞いなんかしません」

娘はそう信じているという。

「証人がいるっていうんだけどね」

剣之介が言うと、

「嘘ついているんじゃないですか。お侍さまからお金とかもらって」

娘の考えはさもありなんだが、あいにくと君塚は金とは無縁だ。

「わかった。ありがとう」

剣之介は礼を言って、茶店を出た。

「ともかく、あたしは旦那に報告いたしますよ。でも、十両の追加貸しなんて、旦那が承知なさりますかね」

義助が苦い顔をした。

「承知させろ」

「どうしてですよ」

「せめて、お衣のためにはなるからな」

「旦那は若に保証させるかもしれませんよ」

義助の言葉には答えず、

「親父のところに戻る前にさ、ざっかけの賭場に案内してくれよ」

剣之介は頼んだ。

「そりゃ、かまわないですけど。博打にのめりこまないでくださいよ」

「賭けないさ。親分の瓢吉に会うんだ」

「瓢吉親分に……だったら、住処に行ったほうがいいんじゃないですかね」

義助は首を傾げた。

「家を知ってるってことは、おまえ、会ったことはあるのか」

「いいえ。以前、うちに借金にきた人間から、聞いたことがあって」

「じゃあ、どんな男なのか、評判は耳にしているか」

「そうですね」

義助は腕を組んで、頭の中の整理をはじめた。やがて首を傾げながら、

「なんでも、滅法怖い男だとか」

「博徒を束ねているんだ。優しくて温厚なわけがないな」

剣之介は鼻で笑った。

そりゃそうですね、と認めながらも、義助は続けた。

「でもね、その怖さってのが、半端じゃないそうですよ。普段は名前のとおり、飄々としていなさるそうなんですがね。怒るとじっと押し黙って……なんて言うんですかね、鮫のような目になって、そりゃ不気味なんだそうですよ。その目を見ただけで、たいていの相手はびびってしまうとか。かと思えば、雷のような大きな声で、相手を威嚇したりもして。いずれにしろ、名前の瓢吉とは大違いな男ですぜ」

「てことは、瓢吉という男、腕っぷしも強いんだな」

「そりゃまあ強いみたいですよ。なにしろ、もとはお武家だそうですからね」

「ほう、侍崩れか」

そいつはおもしろい、と剣之介は笑った。

「若、喧嘩なさるんじゃないでしょうね」

「喧嘩したくもなるが……それはともかく、そんな強い奴が、なんで君塚昌五郎なんて冴えない男を用心棒に雇ったんだろうな」

剣之介はにんまりとした。

「そりゃ、自分だけじゃ賭場を見張ることはできないって、考えたんじゃありませんかね。あたしはそう思いますよ」

義助が考えを述べ立てると、

「そうかもな。なんだか今回の無礼討ち、裏がありそうだぜ」

剣之介は顎を掻いた。

「どうしたんですよ」

義助も興味を引かれたようだ。

「おまえ、最初に君塚を見たとき、ひとかどの剣客だと思ったかい。本人は相当、剣に自信がある口ぶりだったが」

剣之介の問いかけに、

「思いませんよ。剣客と見たなら、あたしはもっと、おっかなびっくりな態度で接しますよ」

当然のように義助は答えた。

「すると、おっかない瓢吉が君塚を雇ったのが、気になるな」

「そうですよね。一見したところ頼りない君塚さんを、用心棒なんかに雇わないですよね」

「それなのに用心棒に雇われた、ということは……」

「嘘なんじゃないですか。たしかに本人は強いと言ってましたがね。借金をのがれるための、その場の嘘かもしれない」

「いや、そうじゃないと思うぞ」

「そりゃ、どういうことですよ」

「刀だ。君塚は、さすがに刀は手放せないと言っていた。見せてもらったが、手入れを怠ってはいないな。だいたい、なまくら刀だったら、一刀で斬り捨てることなんてできないさ。日頃、手入れを怠っていないってことだ」

「じゃあ、君塚さんが手練れっていうのは、信じていいんですね。するってえと、瓢吉にも刀を見せて、腕のほどを認めてもらったってことでしょうか」

「そうかもしれないけどね。もっとはっきりと、腕を見せたんじゃないかな」

「ってことは」

「無礼討ちだよ」

剣之介は言った。

「そうか、自分の腕を見せるため、罪もない仙蔵さんに言いがかりをつけて、斬ったってわけですか……とんでもねえ御仁ですね」

義助は憤った。

「まだ、そうと決まってないがな」

剣之介は慎重だったが、義助はすっかりと信じてしまったようだ。

「そうに決まってますよ」

「少なくとも、それが真実なのかどうか、確かめる価値はあるというわけだ」

剣之介は、瓢吉の家に乗りこむ、と言い放った。

「こうなりゃね、あたしも行きますよ」

君塚への怒りからか、義助もついていくと主張した。

五

　剣之介と義助は、両国にある瓢吉の家に乗りこんだ。黒板塀に見越しの松、一見して大店のお妾さん宅のような、たたずまいである。

　門口を入り、母屋の格子戸を義助が開けた。土間が広がり、数人のやくざ者がいた。何事かと寄ってきたひとりに、

「瓢吉親分に会いたいんですがね」

　義助が頼んだ。

「親分に……どんなご用件ですか」

　目つきのよくない男が、ねめつけてきた。

「あんたに言う必要はないさ。瓢吉さんに直接言うよ」

　早く取り次げ、と剣之介が言った。

「用件も聞かないでは、取り次げませんやね」

　応対している男が言うと、その他のやくざ者たちが、ゆっくりと剣之介と義助を囲みはじめた。

「これって脅しかい」

剣之介は、にんまりとする。

「侍だからって、でけえ面するんじゃござんせんや」

男は凄んだ。

「おれさ、顔は大きくなんかないよ」

言い返すや、剣之介は拳で男の鼻を殴りつけた。

男は呻き、手で鼻をおさえた。手の隙間から、鼻血が溢れ出る。

「野郎、やっちまえ」

男は子分たちをけしかけた。

すぐさま、義助は外に飛びだした。

一方の剣之介は、長脇差を鞘ごと抜く。

朱色の鞘の先は、鉛で覆われている。剣之介は鞘の先を敵に示しつつ、殴りかかった。

黒紋付が翻り、小袖の裾が割れて、真っ赤な裏地と緋繻袢がちらちらと動き、殺伐とした刃傷沙汰を、華麗に彩った。

剣之介が繰りだす鞘が、子分たちを次々に打ちのめす。ごつん、という鈍い音がし、何人かが顔面を手で押さえうずくまった。侍らしからぬ剣之介の喧嘩殺法に、子分たちは困惑し、怯んでしまった。

それでも数を頼みに、剣之介に立ち向かう。

剣之介は長脇差のさげ緒を持ち、朱鞘を頭上でぐるぐるとまわした。

びゅん、と風が鳴る。

恐れをなして後ずさる者もいたが、

「しゃらくせえ！」

無鉄砲な男のひとりが、匕首を腰だめにして突っこんできた。

「ば〜か」

剣之介は鼻で笑い、さげ緒を激しく掃う。

粋がっていた子分は朱鞘の餌食となり、泣き叫んだ。

立ち向かってくる者がいなくなったところへ、

「うるさいぞ」

奥から声がかかった。

子分たちの目に、緊張が走った。みな、土間の隅に並び、頭をさげた。

袷にどてらを重ねた男が出てきた。

すると、

「あれ……君塚さん」

啞然とした義助が声を放った。

義助が言ったように、出てきたのは君塚昌五郎である。

ただし、よれた着物に無精髭といううらぶれた様子ではなく、鯔背銀杏に結った髷、髭は丁寧に手入れをしている。加えて、長い煙管を咥えている様は、いかにも博徒の親分の威厳を漂わせていた。

「あんた、ざっかけの瓢吉さんかい」

剣之介が問いかけると、

「そうだ」

声も君塚にそっくりだが、それでもどすが利いている。

「あがらせてもらうよ」

剣之介は瓢吉の了解を待たずに、ずけずけとあがりこんだ。義助も続く。

子分たちがいきり立ったが、瓢吉は目で制した。

長火鉢の向こうに、瓢吉は座った。向かいに、剣之介と義助が座す。

「あんた、君塚さんと関係があるんすか」

剣之介は問いかけた。

「おれの兄貴だよ」

あっさりと瓢吉は答えた。

剣之介と義助は、まじまじと瓢吉を見返した。すると、

「おれたちは、双子だったんだよ。それで、弟のおれは君塚の家を追いだされたってわけだ」

この時代、武家において双子は忌み嫌われていた。弟は家から養子に出されるのが習わしである。

「それで最初は商家の養子になったんだけど、商人なんてのは、おれさまのやる仕事じゃねえ。おれにふさわしいのは男を売る稼業だって、十三で飛びだしたんだ」

瓢吉は盛り場をうろつくようになり、喧嘩を繰り返し、実力でのしあがった。

「剣は習ったのかい」

剣之介が問いかける。

「兄貴に習った」

「君塚さんに」

意外な顔で、剣之介は返した。

「兄貴とは、家を追いだされてから、しばらくして会ったんだ」

お互いが二十歳のころ、君塚と瓢吉は両国でばったりと出会った。やくざにな
った瓢吉を、君塚は喜んで迎えてくれた。

「養子先を飛びだしたおれを、親父もお袋も許してはくれなかったが、兄貴だけ
はおれを認めてくれた。それで、兄貴は剣を教えてくれたんだ」

君塚は、やくざに身を落とした瓢吉のことを、なんと羨んだそうだ。

「おまえは自由でいいなって、目を細めていたぜ」

瓢吉は、けたけたと笑った。

剣之介はうなずきながら、

「それで、あんた、君塚さんを賭場の用心棒に雇ったんだな」

「そうだよ。兄貴の剣の腕は、天下一品だからな」

当然のように瓢吉は言った。

「君塚さんが無礼討ちをしたのは知っているんだね」

「ああ、知ってるよ」

「どう思う」

「どうって……無礼を働かれたんだ。斬って捨てるのが待ってもんだろう」

当然のように、瓢吉は答えた。

瓢吉が君塚の腕をよく知っているのであれば、君塚が腕を見せるために無礼討ちをしたという推理は崩れる。

「あんたから見てさ、兄貴は、罪もない町人を無礼討ちするような男だって思うかい」

「いや、兄貴はおれと違っておっとりとしているよ。おれみたいに、こんなやくざな暮らしはしない。要領の悪い、実直な男だ」

「だが、相当な借金を背負っているっすよ。実直な暮らしをしていたら、使わないような金だ」

「そりゃわからねぇがな。兄貴は暮らしぶりも地味なもんだ」

話題を逸らすように、瓢吉は言った。

「あんたの賭場に通っていたんだろう。そこで負けがこんで借金をこさえたって、本人は言っていたっすよ」

訝しむように、剣之介は尋ねる。

「まあ、たしかに兄貴は通っていたな。だが、博打には不向きな男だった」

「あんた、勝たせてやろうとは思わなかったんすか」

「いかさまはやらないんだよ」

　瓢吉は目をむいた。

「よく言うね」

　今度は剣之介が、けたけたと笑った。

「なんだい、うちの賭場にいちゃもんをつけにきたっていうのかい」

　途端に、瓢吉は険しい目になった。

「文句をつけようと思っていないっすよ。知りたいのは、君塚さんがどうして、無礼討ちなんかしたかってこと」

　剣之介も睨み返した。

「そいつはだから……無礼を働かれたからだろうぜ」

「相手の町人には、そんな事実はないんだよ」

「いまさら蒸し返そうっていうのか。どんな魂胆があるんだ。あんた、火盗改だろう。関係ないじゃないか」

「おれは火盗改だが、今回の一件は役目で調べているんじゃないさ」

「じゃあ、なんでかかわるんだ。まさか、礼金でも出るんじゃないだろう」

「金じゃないよ。無礼討ちにされた娘の無念を思ってだ」

剣之介は目を凝らした。

「兄貴が理不尽に斬ったって考えていなさるのかい」

瓢吉も表情を険しくした。

「そうっすよ」

「なにを証拠に、そんな出鱈目を抜かすんだ」

「その証拠を見つけに、こうして歩いているんだ」

「とぼけた御仁だな。帰りな。言っとくがな、これ以上、よけいな詮索をしたら承知しないぞ。いくら火盗改だってな、おれは屁とも思っちゃいねえんだ」

瓢吉は凄んだ。

「あっそう」

小馬鹿にしたような口調で剣之介は返すと、不意に腰を浮かし、瓢吉の顔面に殴りかかった。瓢吉は咄嗟に、左手で剣之介の拳を弾いた。

次いで、そのまま左手を懐に入れ、匕首を取りだそうとする。

剣之介はその瓢吉の腕をしっかりとつかみ、動きを制した。

「なにしやがる」

瓢吉はいきり立った。

「喧嘩が強いって評判を聞いた。あんた、腕っ節でのしあがったんだろう。盛り場のならず者を束ねていったって。そんな噂を確かめたんだ」

悪びれもせず、剣之介は手の力をゆるめ、引っこめた。

「ふん、食えないねえ、あんた。ひょっとして、根っからの侍じゃねえだろう」

瓢吉は薄笑いを浮かべた。

「ああ、親父が御家人株を買ったんだ。おれも、盛り場をうろうろしていた遊び人あがりだ」

「そうだろうな。同じ匂いがするぜ」

瓢吉の言葉には返さずに、

「じゃあな」

剣之介は立ちあがった。

六

その日の夕刻、両国の縄暖簾で山辺左衛門と待ちあわせた。

剣之介は君塚昌五郎を訪ねたこと、君塚には双子の弟・瓢吉という博徒がいて、その賭場の用心棒を君塚が引き受けたことを語った。

「それで、用心棒に雇われるための腕を見せるために、仙蔵を斬ったって考えたんだけど、そうじゃないみたいだな」

剣之介は言った。

「すると、君塚という御家人、理不尽に町人を斬るような男ではない、ということか。これは厄介だな」

猪口を口にあてたまま、山辺は考えこんだ。

「それで、町奉行所の見解はどうだったんですか」

剣之介が問いかけると、

「そうだったな」

山辺によると、南町奉行所は無礼討ちの証人を探し、五人が見つかったそうだ。

「その五人というのは」

「これが怪しい者たちでな。ざっかけの瓢吉一家の子分たちなんだ」

「じゃあ、君塚さんをかばったってことだろう」

剣之介の言葉に山辺はうなずき、

「君塚と瓢吉の関係を知っていたなら、わしもそのことを南町に突っこめたんだがな」

　残念そうに、猪口の酒を飲み干した。

「瓢吉の子分たちが君塚をかばったとして、君塚が自分の腕を見せる必要はなかったんだ。どうして無礼討ちにしたんだろうな」

　剣之介は、またもや同じ疑問に立ち返った。

「ひとつ考えられるのはな、仙蔵がざっかけ一家の賭場を、奉行所に告げ口したらしいということだ」

　山辺が言った。

「どんな具合に」

「といっても、瓢吉一家の思いこみだったようなんだがな」

「すると、瓢吉一家が君塚をけしかけた……あるいは、殺せと頼んだってことじゃないのかい」

「断じてそれはないって、子分たちは否定しているそうだ。ただ、ひとりがおもしろいことを言っていた。てっきり親分だと思って、見ていたって」

「どういうことっすか」

剣之介は興味を抱いた。

「瓢吉はたまに、侍の格好をするそうなんだ」

「へ～え」

「君塚の家を追いだされ、放蕩(ほうとう)を尽くしたが、心の奥底には侍への憧(あこが)れの気持ちがあるのかもしれんな」

「なるほど、それで剣を君塚に習ったってわけか」

剣之介は納得した。

「それで、子分たちはてっきり、親分が仙蔵といさかいを起こしたと思ったそうだ」

「それで、仙蔵は無礼なことをしたんすか」

「どうやら仙蔵は君塚を見て、瓢吉だと思ったらしい。親分さん、どうしたんですか、その格好はって、それが君塚の気に障(さわ)ったようなんだ」

弟と間違われた君塚は、いきり立って、

――無礼者、わしをやくざ者呼ばわりするか。

そう怒鳴ったそうだ。

「仙蔵はざっかけの賭場に出入りしたことがあり、瓢吉の顔は知っていた、しかし、君塚昌五郎のことは知らなかった。双子の君塚を瓢吉と思って、気さくに声をかけたんだな。しかし、君塚の癇に障ったってことか……いや、違うな。おそらくは、君塚じゃなく、瓢吉だったんだ」

　山辺の考えに、

「そうっすね」

　剣之介も賛同した。

「それなら得心がゆく。瓢吉は侍を気取って、いい気になっていたんだ。そんなところを仙蔵に見られてしまった。せっかく侍に成りきっていたのに、仙蔵はまったく躊躇することなく、自分の素性を見破った。その悔しさと気恥ずかしさ、侍に成り損ねた鬱憤が爆発し……つい、仙蔵を斬ってしまった。そして家来たちを証人に立てることにより、無礼討ちを装った、ということか」

　山辺の推量に、

「そんなところじゃないっすかね」

　剣之介も異論はない。

「そうとなれば、瓢吉を捕縛せねばならんな」

「ところで、仙蔵の検死報告は見たんすか」

剣之介が問いかけると、

「見た」

山辺はうなずいた。

「どんな具合だったんすか」

「だから、お衣が言ったように、一刀のもとに斬られていた。袈裟懸けに……右肩からな」

「……右か」

剣之介は自分の右肩に左手を置き、左脇腹へかけて撫でさすった。次いで、首を捻る。

「どうしたんだ」

つられるように、山辺も首を傾げた。

「逆袈裟ってことっすよ。瓢吉はどうして、そんな技を使ったのかな」

「たまたまだろう」

即答した山辺は気にしていない。

「左利きだからか……」

ふと、剣之介はつぶやいた。

たしかに、瓢吉は左利きだった。

右利きならば、正対する相手を袈裟懸けで斬る場合、左肩から右脇腹にかけて斬りおろすことになる。

仙蔵が右肩から左脇腹に斬りおろされたということは、逆袈裟ではなく左利きの袈裟懸け、つまり瓢吉が斬ったからではないか。

武士であれば、左利きで暮らすことを許されない。左利きとわかれば、幼いうちに矯正させられるのだ。

双子の弟ゆえ君塚家を出された瓢吉は、左利きのまま育った。

やはり、無礼討ちの下手人は、君塚昌五郎ではなく瓢吉に違いない。

「そういうことだったんだ」

ようやくのこと、剣之介は合点した。

「君塚に証言させるか」

山辺の言葉に、剣之介はうなずいてすぐに腰をあげた。

君塚の屋敷は森閑としていた。表門脇の潜り戸から屋敷内に入り、母屋に向かう。

荒れ放題の屋敷が、月明かりにほの白く浮かび、夜風が侘しさを誘っている。

「こんばんは」

剣之介は格子戸を叩いた。

返事はない。

「君塚さん。十両、持ってきたっすよ」

十両を餌に、剣之介は君塚を呼びだそうとしたが、やはり返事はない。縁の下に住み着いた野良猫の鳴き声が聞こえるばかりだ。

「休んでおられるのではないか」

山辺は明日、出直そうと言った。

「寝ていたら起こすだけっすよ」

気にせず、剣之介は格子戸を叩き続けた。

が、やはり返事はない。

「ああ、そうか。賭場の用心棒に行っているんだな」

と、見当をつけ、賭場に足を向けようと山辺に言った。

「いまからか……明日の朝、ここに来ればいいではないか」

面倒になったようで、山辺は躊躇いを示した。

「賭場に行ったほうがいいっすよ。君塚と瓢吉、ふたりを前に無礼討ちをあきらかにできるじゃないですか。手間が省けますよ」

剣之介の主張を、

「まあ、それもそのとおりだな」

しぶしぶながらも、山辺は納得した。

だが、肝心の賭場の所在がわからないことに気づいた。

義助に聞いておくべきだった、と剣之介は悔いたが、

「瓢吉に聞けばいいか」

と、瓢吉の家に向かうことにした。

七

明くる朝、剣之介は君塚屋敷にやってきた。

あれから、瓢吉を訪ねたが、昨夜は賭場を開帳していないとわかった。そこで、瓢吉に無礼討ちの一件を確かめたが、知らぬ存ぜぬを繰り返すばかりだった。

母屋の玄関で、

「おお、これは佐治殿……」

君塚は愛想よく挨拶(あいさつ)したものの、剣之介の背後をしきりと見ている。どうやら、義助を探しているようだ。

「義助の代わりに、おれが十両を持ってきたっすよ」

剣之介が言うと、

「それはかたじけない」

相好(そうごう)を崩し、君塚は頭をさげた。

さあ、あがってくだされ、と君塚は言い、居間に向かった。相変わらずのざらざらとした縁側をたどり、剣之介も居間に入った。

「昨夜、届けにきたんすよ」

抗議(こうぎ)めいた口ぶりで、剣之介は語った。

「それは申しわけなかったな」

ぺこりと君塚は頭をさげた。

「用心棒に行っていたんすか」

剣之介の問いかけに、

「ああ、いや、それが……」

君塚は頭を掻いた。

「開帳していなかったんですよね」

剣之介は昨晩、瓢吉を訪ねたことを話した。

「そうなのです。賭場は開帳しておりませんでしたのでな」

「どこへ行っていたんすか」

「まあ、それはいろいろと……」

「君塚さん、酒は飲まないんすよね」

「飲みませんな」

「じゃあ、やっぱり女ですか」

この前のように、剣之介は小指を立てた。

君塚は答えずに押し黙った。

「ま、答えたくなければいいっすよ」

剣之介が懐中から、紫(むらさき)の袱紗(ふくさ)包(づつ)みを取りだした。

「かたじけない」

ふたたび、君塚はぺこりと頭をさげた。

「どうぞ」

右手で袱紗包みを差しだすと、剣之介は不意にそれを君塚に向かって投げた。

思わずといった感じで、君塚は左手で袱紗包みをつかんだ。

間髪いれず、剣之介は君塚の左手を取り、袖をまくりあげた。くっきりと痣がある。君塚は目をむきながら、手を掃った。

剣之介は手を引っこめ、

「あんた、ざっかけの瓢吉だね……その手の痣、おれが不意打ちを食らわせたときにできたんだものね」

にんまりと笑った。

君塚は押し黙ったが、

「馬脚をあらわしてしまったな。そうだよ」

と、開き直った。

しかし、剣之介は首を左右に振り、

「違うね。あんたは、やっぱり君塚さんだ」

すると君塚は声を大きくし、

「いや、わしは瓢吉だ」

と、言い募った。

「ほらほら、わしって言ったじゃないっすか」

「いや、それはたまたま……」

　君塚はしどろもどろとなった。

「君塚さん、往生際が悪いっすよ」

　剣之介は口元に笑みを浮かべた。

　それでも君塚は黙っている。

「あんたが瓢吉に成りすましていたんでしょう。だからこそ、左利きも必死に修練した。それこそ咄嗟のときに、左手がまず出てくるまでにね。おれは、そう睨むよ」

　剣之介の推量に、

「そのとおりでござる」

　とうとう、君塚は認めた。

「どうして、そんなことを……」

　剣之介の問いかけに、君塚は訥々（とつとつ）とした口調で語りはじめた。

「弟と会い、あいつの暮らしぶりを見るにつけ、羨ましくなりましてな」

　君塚は厳格な父親から育てられ、武士として道を踏み外すなと、くどいくらいに言われてきた。

「自分もそれが正しいと思っておりました」

そんな最中に瓢吉と再会し、自分とは正反対の生き方を見せつけられた。もちろん、最初は反発心を抱いた。

「道を踏み外すな、君塚家のことを考えろ、と叱責したのです。しかし、考えてみれば、瓢吉は君塚家を追いだされたのです。しかも、たまたま双子の弟として生まれたゆえのこと」

君塚はため息を吐いた。

「反発したのに、どうして弟が羨ましくなったんですか」

剣之介は首を傾げた。

「やはり、血を分けた弟、同情心も湧きました。それで、弟の暮らしを知ろうと思ったのです」

君塚は、ざっかけの賭場に通った。

瓢吉は負け続ける君塚から、金を取ろうとはしなかった。それでも、弟の情けにすがるまいと、意地で借金を重ねた。弟の暮らしぶりを知るためにはじめた博打だったが、次第に本当にのめりこみ、ますますと弟の暮らしが羨ましくなった。

そんなある日、

「瓢吉がおもしろい申し出をしてきたのです」

入れ替わってみないか、と瓢吉は言ってきた。

やくざに身を落とし、勝手気まま、自由奔放な暮らしを謳歌していた瓢吉であったが、向こうは向こうで、心の奥底に侍への憧れがあったようだった。

「一も二もなく、わしは受け入れました」

月に三日ほど、君塚と瓢吉は入れ替わった。子分たちにも内緒にしていたが、ちょうどひと月前、

「あっけなく瓢吉は死んでしまったのです」

労咳だったそうだ。

「思えば、寿命が少ないことを覚悟し、短い命ならばせめて侍の暮らしを味わってみたいと思い立ったのかもしれません」

瓢吉は子分たちの面倒を託し、冥途に旅立った。

子分たちには、入れ替わりのことを打ち明けたそうだ。

「わしは瓢吉に成りすましているうちに、抜けられなくなりました」

こうして、やくざの親分と貧乏御家人の二重の暮らしがはじまった。

だが、そんな生活をしているうちに、頭が混乱をきたしてしまった。瓢吉は侍の格好をして出歩くことがあり、君塚もそれにならって、瓢吉のつもりで外出をした。このとき、暇を見つけては、左手で剣を扱う修練も繰り返した。

あたかも、瓢吉の人格がじょじょに君塚に乗り移っているかのようだった。

「そんなときに、仙蔵と遭遇した」

瓢吉の心境で仙蔵と対し、馬鹿にされたと思って、つい刀を抜いてしまった。粗野な弟ならば、こう考えるだろう……そんなふうにしてやくざ者を束ねているうちに、いつの間にか、瓢吉本人に成りきってしまっていた。

「なんだか、ややこしいっすね。ともかく、無礼討ちじゃないってことでしょう。だったら償わなきゃ」

剣之介の言葉にうなずき、

「それで、香典をと思ったのだ。君塚昌五郎に戻り、償おうと思った。だから、君塚として借金をして……。瓢吉一家の金を使えばいいと思うかもしれぬが、それはしたくなかった。武士の端くれとしての意地だ」

わかるようなわからないような理屈を、君塚は語った。貧乏暮らしでも真剣は手放さず、手入れも怠らない君塚なりのこだわりなのだろう。

「ともかく、奉行所に行きましょう」

剣之介が言うと、

「承知した」

君塚は立ちあがり、刀掛けから刀を取った。

と、次の瞬間、左手で抜き放った。

匂いたつような刃紋が閃光を放ち、剣之介に襲いかかる。

剣之介は長ドスの鞘で受け止めた。

刃は、鏢を覆う鉛にぶつかり、青白い火花を飛び散らせた。

君塚は刀を構え直したが、

「すまぬ。これで気は済んだ。一度でいいから武士相手に刃を抜きたかった」

と、笑った。

次いで、髭を剃るから待つように頼んだ。

剣之介は承知し、庭で待つことにした。野良猫たちが草むらで、気持ちよさそうに寝転がっていた。

「遅いなあ……」

まさか逃げたのか……。

剣之介は土足で縁側にあがり、障子を開いた。

君塚は切腹していた。

かたわらに遺書があり、自分の罪状が書き記され、仙蔵に非はなかった、償いのために屋敷を売却し、借金の残りをお衣に与える、ともあった。

終わりに、売却は佐治音次郎殿に一任すると記してあった。

「武士として最期を遂げたってわけか」

剣之介は、荒れ放題の庭を見やった。

音次郎なら高く売るだろう。利子を取っても、まとまった金がお衣に渡されるはずだ。お衣が受け取るかどうかはわからないが、仙蔵の無実があきらかになれば、少しは気持ちも落ち着くかもしれない。

新しい人生の門出を祝う金として、受け取ってくれるのではないか、と剣之介は思った。

主人の死などどこ吹く風、野良猫たちは気持ちよさそうに鳴きはじめた。屋敷が売れたら、こいつらはどうするのだろう。

「おまえら、どこにでも住めるもんな」

それが野良猫の気楽さだろうと、剣之介は大きく伸びをした。

第二話　蟒蛇の罠

一

長月二十日の昼さがり、浅草風神一家、二代目、唐獅子桜の正次郎は縄張りを見まわっていた。

その二つ名のとおり、背中に見事な桜の彫り物をしている。背中一面に桜吹雪のなか、唐獅子が咆哮しているのだが、粋がって見せびらかしはしない。

そのため、縄張り内で実物を見た者は、ほとんどいない。

運よく拝んだ者は冥途へと旅立つ、という伝説が語られている。

というのは、正次郎が唐獅子桜の彫り物を披露するのは、決死の殴りこみをかけるときと決まっているからだった。

殴りこみの際、正次郎は決して人数を頼まない。

単身、捨て身で敵の一家に攻めこむのだ。敵は壊滅し、唐獅子桜見物が冥途の土産になるというわけだ。

そんな正次郎だが、普段は唐獅子桜の彫り物同様、強面の一面は曖にも出さない。

糊の利いた縞柄の着物に茶献上の帯を締め、背筋をぴんと伸ばした所作は、やくざ者特有のやさぐれた様子とは無縁だ。それどころか、苦みばしった顔と相まって、風格すら感じさせる。

浅草寺に近い縄張りは四方に堀がめぐり、各々に架け橋が設けられていた。通称、誓願堀で通っている。

誓願堀は活気に満ちている。あちらこちらから声がかかり、正次郎は、不都合なことはないかと声をかけてゆく。

爽やかな風が吹き抜ける、日本晴れの昼さがりだ。縄張りを行き来する男女の笑顔が、なによりも嬉しい。縄張りは、世の中の裏街道を生きる自分の拠りどころであった。

そんな縄張りの平穏に安堵した途端、

「親分、助けてください」

女の切迫した声が飛んできた。

羽衣床という髪結い床を営む女で、お蔦という。小太りで美人ではないが、愛嬌と腕のよさで、一日中、客が途切れない。昨年、亭主と死別し、ひとり娘を女手ひとつで育てているけなげさも評判であった。

「お蔦さん、どうした」

真っ青な顔で近づくお蔦に、正次郎はあくまで落ち着いて問い直した。

唇が震え歯も嚙みあわず、言葉になっていないが、身振り手振りで語るところによると、客として入ってきた男がお蔦から剃刀を奪い、お蔦の娘、お光を人質に取って立て籠もったのだそうだ。

「店には、ほかに誰かいるのかい」

正次郎が確かめると、

「お光のほかには……」

すると羽衣床から、ぞろぞろと男がふたり出てきた。ふたりは正次郎に、男が立て籠もった、と訴えてきた。お光は、五つの幼子である。

「男はなんて言っているんだ」

正次郎が問いかけると、みな押し黙った。突如として降りかかった災難に恐れ戸惑っている。

　ともかく、正次郎は羽衣床に向かった。風神一家の者たちも騒ぎに気づき、集まってきた。閉じられた腰高障子には、羽衣の絵と屋号が記されている。

「おまえら、騒ぐんじゃねえぞ」

　子分たちに釘を刺してから、羽衣床の腰高障子の前に立ち、

「おれは誓願堀をあずかる、風神一家の正次郎だ」

　凛とした声を放つ。

「来るな！」

　腰高障子越しに、男の怒鳴り声が聞こえた。

「中には入らない。話を聞こうじゃないか」

　穏やかに正次郎は問いかける。

「うるせえ！」

　男は自暴自棄になっている。

「なにか欲しいものがあるのか。幼い子どもを人質に取ることはない」

「黙れ」

「黙ってもいいが、これからどうするんだ。娘を人質に取り、立て籠もったとこ

ろで、一生、羽衣床に居つくわけにはいくまい」

「………」

正次郎の言葉に耳を傾けはじめたのか、男は沈黙した。何事か思案をしているのだろう。相手を刺激しないように、正次郎も言葉を止めた。

男が少しは落ち着いた頃合いを見計らって、正次郎は静かに問いかけた。

「金か……金が欲しいのか」

「……次朗右衛門だ」

男の声音は平生だが、言っている意味がわからない。

「なんだと……」

「次朗右衛門を連れてこい」

「どこの次朗右衛門だ」

「薬研堀の次朗右衛門だよ」

男は語調を強めた。

その次朗右衛門ならば、正次郎も知っていた。薬研堀を縄張りとする一家を束ねている男だった。

「薬研堀の親分に、恨みでもあるのか」

「ある」

「聞かせてくれ」

「連れてきたら教えてやる」

「わかった。なら、おまえの名前を教えてくれ。いくらなんでも、名前もわからん奴の呼びだしに応じるとは思えんからな」

「……栄吉だ。薬の行商人の栄吉と言えばわかるよ」

栄吉の言葉を信じれば、堅気であろう。それでも、隙を見て捕えるのは、容易ではあるまい。

剃刀で、お光の首を切り裂かれる恐れがある。栄吉が自暴自棄になって、お光を道連れにしないとはかぎらないのだ。

「よし、使いを立てる。しばらく待ってくれ」

「さっさとしろ」

栄吉は声を大きくした。

「腹は減っていないか。食い物を差し入れる」

「いらねえ」

「お光……おまえが人質に取っている娘だが、お光は腹を空かせているかもしれない。握り飯でも差し入れるぞ」

丁寧な口調で、懇々と説き伏せた甲斐があったか、

「いいだろう」

ようやく、栄吉は受け入れた。

さっそく子分を使いに出したが、さて、これで本当に次朗右衛門が来るかどうかはわからない。

ただ、次朗右衛門が折り目正しい俠客であるとの評判は、耳にしている。名指しにされ、幼子が人質に取られていると聞けば、無下にはしないだろう。男を売る稼業である以上、逃げ隠れしたと評判が立っては名折れでもある。

次朗右衛門を待つ間、正次郎は誓願堀内の一膳飯屋で握り飯を用意させた。堀内の者たちが、お光を心配して集まってきた。なかには騒ぎを聞きつけた、物見高い野次馬もいる。

「みんな、自分たちの職場に戻ってくれ。騒ぐとお光の身が心配だ。きっと、お光は無事に連れ戻す」

諭すように言い、子分たちが帰るよう押し返すと、みなは従った。

あらためて、正次郎はお蔦を励ました。お蔦はすがるような目で、正次郎を見

返した。

皿に載せられた握り飯が届いた。大振りの握り飯がふたつ、沢庵(たくあん)が添えられている。飯の白さと沢庵の黄色が、秋の実りを物語っているようだ。

正次郎は皿を持ち、

「握り飯だ。開けてくれ。誓(ちか)う、決しておまえを捕えるようなことはしない」

落ち着いた口調で語りかけた。

「少しでも妙な真似をしやがったら、娘の命はねえぞ」

強がってか、栄吉は語調を強めた。

「わかってるよ」

正次郎は腰高障子の前に立った。

やがて、人影が腰高障子に映り、ほんのわずかな隙間が開いた。

隙間から、男が見えた。お光の首筋に剃刀をあてて立ち尽くしている。お光の目は泣き腫(は)れているが、いまは落ち着いていた。

男は縞柄の小袖(こそで)を着て、薄っすらと無精髭(ぶしょうひげ)が伸び、目が落ち窪(くぼ)んでいた。頬(ほお)がこけ、目が血走り、いかにも追いつめられた様子だ。

「ここに置くぞ」

　正次郎は皿を、腰高障子の隙間からそっと差し入れた。栄吉の視線が握り飯に注（そそ）がれ、生唾（なまつば）を呑（の）みこむ音が聞こえた。

「閉めろ」

　栄吉は命じた。

　正次郎は黙って腰高障子を閉めた。

　それから、ゆっくりと羽衣床から離れる。

　お蔦が心配そうな顔で近づいてきた。

「お光は無事だ。心配ない」

　正次郎はお蔦に言った。

　お蔦は両手を握りしめた。

「栄吉は、薬の行商人だと言っている。見たところ嘘（うそ）ではないようだ。やくざ者じゃない。話せばわかるだろう」

　正次郎の言葉に、お蔦は黙ってうなずいた。

　お蔦は昨年、亭主に先立たれた。以来、女手ひとつでお光を育ててきたのだ。

　母娘の絆（きずな）は太いだろう。

　正次郎は黙って微笑（ほほえ）みかけた。

それから四半刻ほどが経過し、初老の男が姿を見せた。上等な紬の着物に羽織を重ね、恰幅がよくて貫録がある。

「風神の、しばらくだな」

薬研堀の次朗右衛門は挨拶をした。

白髪が目立つが肌には張りがあり、柔和な面差しだが眼光は鋭かった。

「わざわざ足を運んでくださり、恐縮です」

正次郎は折り目正しく腰を折った。

「いや、詫びなきゃいけねえのは、こっちのほうだ。栄吉のことは知ってるよ。懇意にしている薬種問屋に出入りしている行商人だ」

次朗右衛門は言った。

「栄吉が親分を恨んでいるわけは、おわかりなんですね」

正次郎の問いかけに、

「言ってみりゃ、逆恨みってやつだな」

次朗右衛門は小さくため息を吐いた。

「差しつかえなかったら、その辺の事情をお話しいただけませんか」

「かまわねえぜ」

次朗右衛門は、一家で薬を煎じている。煎じた薬を、懇意にしている薬種問屋に卸していた。

「だからな、堅気じゃあねえが、わしは薬に関してはくわしいのだ。それで、新しい薬も作っている」

次朗右衛門は言った。

「その評判は、あっしも聞いていますぜ」

次朗右衛門の煎じる薬は、日本橋本町に軒を連ねる薬種問屋の間でも評判だった。俠客ながらに、次朗右衛門が新たな薬を煎じると、みな扱いたがる。

次朗右衛門はうなずくと、

「新しく煎じた薬を、栄吉に分けてやったんだ」

本来なら、行商人は薬種問屋から卸してもらうのだが、栄吉には特別に直売してやった。熱心な仕事ぶりを評価してのことだ。

「新しい薬っていうのは、どんな薬だったんですか」

正次郎は問いかけた。

「胃薬だ。胃の具合をよくする薬なんだ」

過食したときなどに、消化を促進する薬だという。

「その薬に、栄吉の奴は因縁(いんねん)をつけたんだ」

「どんな具合にですか」

「女房と娘に飲ませたところ、薬が原因で死んでしまったってな」

「女房と娘を亡くした恨みを抱いているってわけですね」

正次郎は腰高障子を見た。

「逆恨みをされるのは、わしの不徳のいたすところだがな」

次朗右衛門はため息を吐いた。

「話はわかりました」

「ともかく、娘を助けなけりゃいけねえな。よし、さっそく掛けあう」

決意を示すと、次朗右衛門は羽衣床に向かっていき、

「栄吉、わしだ、次朗右衛門だ」

と、大きな声で呼ばわった。

二

栄吉は沈黙を守っている。

次朗右衛門は近づき、

「わしが憎いんだったら、わしを殺せ。罪もない幼子は放してやれ」

と、語りかけた。

すると、腰高障子が開いた。

お光を抱きかかえた栄吉が立った。

「幼子を放してやれ」

「女房と娘は死んだんだ。おまえから渡された、偽りの薬を飲んでな……女房と娘は血を吐いて死んだんだ。この人殺しめ」

栄吉は目に涙を溜めていた。

「おめえが恨むのはわからねえでもない。わしが煎じた薬のせいだって言いたいんだろうが、それは間違いだ。ま、おめえは間違っていねえって言い張るだろうがな……そんなに、わしが憎いか」

次朗右衛門の言葉に、

「憎いさ」

栄吉は返す。

「どうする……わしを殺すか」

「一緒に奉行所に来い」

「わしを奉行所に訴えるなら、こんな騒ぎなんぞ起こすことはあるまい」

「おまえは奉行所に顔が利く。それを利用して、罪を揉み消すだろう。罪を認めろ。自分はわかっていて毒を渡したって、ここで認めるんだ。風神一家の正次郎親分や誓願堀のみなさんの前で、自分のやったことを白状するんだ。そのうえで、おれと一緒に奉行所に行くんだ」

必死の形相で、栄吉は言いたてた。

いつの間にか、ふたたび大勢の人だかりができている。栄吉の話にざわめきが広がった。

「おまえがそう信じるのは勝手だがな、わしは身に覚えがない」

動ずることなく、次朗右衛門は否定した。

「とぼけるな！」

栄吉は喚きたてた。

「とぼけてねえ！」

次朗右衛門も怒鳴り返す。

お光が泣きだした。

栄吉は、お光の頭を撫でた。

と、やおら次朗右衛門は懐に手を突っこみ、なにかをつかみだすと、栄吉の顔面に向かって投げつけた。白い粉が、栄吉の顔に降りかかる。思わず栄吉は、両手で目を覆った。

そこへ、人垣から侍が飛びだし、一陣の風のごとく栄吉に駆け寄ると、刀を抜いて栄吉の胴を斬った。

鮮血が飛び散り、栄吉は仰向けに倒れた。同時に懐中から、彩り豊かなおはじきがこぼれ落ちた。

お光の悲鳴が、秋空に響きわたった。

栄吉は斬り殺された。

正次郎は子分たちに、亡骸を誓願堀の隅にある建屋に安置させた。小上がりに

板敷が広がっている。誓願堀内での会合に使う会所である。栄吉が自分の娘と一緒に遊

亡骸の横には、懐中に入れていたおはじきがある。栄吉が自分の娘と一緒に遊んでいた、思い出の玩具なのかもしれない。

次朗右衛門が侍とともにやってきた。あらためて見ると、侍は四十前後、細面だが精悍な顔つき、がっしりとした身体を紺地の小袖と裁着け袴に身を包み、腰には大小を落とし差しにしている。

「柏原順太郎先生だ」

次朗右衛門が侍を紹介した。

柏原は浪人だが、薬種についての造詣が深く、なおかつ剣の腕も一流だそうだ。実際、栄吉を仕留めた様は、まさしく抜く手も見せない、という早業であった。

「気の毒なことをしたが、幼子の身を思えばやむをえなかった」

柏原は、栄吉の亡骸に向かって手を合わせた。

その言葉を次朗右衛門が引き取り、

「先生は悪くありませんぜ。むしろ、褒められることだ」

同意を求めるような目を向けられ、正次郎は軽くうなずいたものの、斬るまでもなかったのではないかと反発した。柏原ほどの腕なら、峰討ちで栄吉の動きを

封じ、お光を助けだせたはずだ。

もっとも、それは結果論であって、緊急を要する危険な状態であったのだから、柏原を責めるのは酷な気もした。

正次郎の心中を察したのか、柏原が続けた。

「幼子は怯え、泣き叫んでおった。それを見ると、放ってはおけなかった。なんとしても幼い命を助けねばと思った途端、足が動いておった」

それを補うように、

「無理もねえ。先生は弱い者に味方するお方ですからね。幼子が怖い目に遭っているのを見たら、放っておけなくなったのも当然ですぜ」

次朗右衛門は言った。

「性分と申すか、拙者は地位にふんぞり返り威張っておる者、弱い者いじめをする者は絶対に許せないのだ」

柏原は声の調子をあげた。

次朗右衛門が、ごもっとも、とうなずいたところで、

「失礼ですが、栄吉が言っていたことは身に覚えはないんですね」

正次郎が問いかける。

「ないね」

戸惑い気味に、次朗右衛門は返した。

次朗右衛門に否定され、栄吉が死んだいまとなっては、確かめようもない。どうにも後味の悪い一件であった。

「風神の、今回は迷惑をかけたな」

次朗右衛門は頭をさげた。

さすがに、任俠の大先輩に頭をさげられては恐縮する。

「ともかく、お光は無事に戻ったんです」

頭をあげてください、と正次郎は頼んだ。

「気を悪くしねえでくれよ。これ、迷惑賃だ。おさめてくんな」

裸ですまねえ、と次朗右衛門は財布から小判五枚を取り、正次郎に差しだした。受け取らなければ、次朗右衛門の面目を潰す。

「ありがたく頂戴します」

正次郎は両手で受け取り、礼を言った。

「なら、奉行所にはわしのほうから届ける」

「それはいけません。あっしの縄張りで起きた騒動ですからね、あっしのほうで届けますよ」

「そうか。なら、面倒をかけるがそうしてくれ。証言なんかが必要なときは、いつでも奉行所に出向くからな」

次朗右衛門は言い置くと、柏原と一緒に出ていった。

栄吉は女房と子どもに死なれ、身内はいないということだ。無縁仏として葬る(ほうむ)としても、形ばかりの弔い(とむら)を出してやろうと思った。


騒動が落ち着き、正次郎は誓願堀を見てまわった。みな、日常の暮らしに戻っているが、騒動の余韻(よいん)が漂っているようでもあった。

羽衣床は店を閉めていた。

正次郎は堀内で鰻飯(うなぎめし)を買い、羽衣床に土産として持っていった。お光は寝入っているようで、お蔦は安堵の表情を浮かべている。

鰻飯を差しだすと、お蔦はお光の好物だと感謝の言葉を述べ立てた。

「お光は大丈夫かい」

「幸い、どこも怪我はしていないようですが……」

そこで、お蔦は口ごもった。

おそらくは、心に深い傷を負ったことだろう。

「これ、受け取ってくれ」

正次郎は、次朗右衛門からもらった五両を渡した。

「こんな大金……親分、これは」

お蔦は戸惑っている。

「薬研堀の親分の好意だ。遠慮なくもらったらいいさ」

「では、遠慮なく」

拝むようにして、お蔦は受け取った。

すると、お光がもぞもぞと動きながら目を覚ました。お蔦が笑顔を向け、

「お腹、空いたかい」

と、正次郎が持参した鰻飯を見せた。お光は半身を起こし、

「空いてない」

「でも、朝からなににも食べていないだろう」

「お握りを食べたから」

手で目をこすりながら、お光は答えた。

正次郎が、

「栄吉が分けてくれたのかい」

と、問いかける。

「うん」

お光はうなずいた。

「でも、怖くて食べられなかったんじゃないのかい」

お蔦が気遣うと、お光は首を左右に振った。

「おじちゃん、怖くなかったよ」

「お光、偉いな。勇気があるぞ」

正次郎は、お光の頭を撫でた。

「だって、優しかったんだもん」

「優しかった……」

正次郎は、お蔦と顔を見あわせた。

「どんなふうに優しかったんだい。だって、剃刀で脅されていたんだろう」

「うん、でも、優しかった」

お光が言うには、栄吉はお光を人質に取ったとき、正次郎から握り飯を受け取ったとき、そして次朗右衛門と対峙したときには剃刀で脅したが、それ以外は、お光に優しく接し、申しわけないけど、少しの間、我慢してくれと繰り返し頼んでいたそうだ。

「おはじきが、とっても上手だった」

お光は言った。

栄吉はお光相手に、おはじきで遊んでくれたそうだ。亡き娘の面影を、お光に見たのかもしれない。

正次郎の脳裏に、胴を斬られた栄吉の着物からおはじきが飛び散った光景がよみがえった。

「そうかい、栄吉は優しかったのかい」

正次郎は、大きな違和感を抱いた。

「お光、よかったよ」

お蔦がお光を抱きしめる。

黙ったまま、正次郎は羽衣床をあとにした。


――おかしい。

正次郎は、立て籠もり事件を振り返っていた。

栄吉の言い分は、薬研の次朗右衛門に毒を渡された、ということだった。

次朗右衛門は否定したが、栄吉の決死の訴えを思うと、まったくの作り話とは思えない。

おまけに、栄吉はお光には優しかった。

実際、正次郎の目から見ても、お光は怯えていなかった。

お光が泣きだしたのは、次朗右衛門に怒鳴られた驚きと恐怖からだ。

「栄吉……」

正次郎は、この一件を調べてみようと思った。

薬研堀の次朗右衛門……相手は大親分だ。日本橋本町の薬種問屋に、大きな力を持っている。

だが、そんなことは関係ない。

三

三日後の二十三日、正次郎は薬研堀の次朗右衛門宅に立ち寄った。

「おお、風神の、よく来てくれたな」

機嫌よく、次朗右衛門は正次郎を迎えた。

檜造りの母屋は、葺かれたばかりの瓦が秋日を弾いている。檜と薬種の香りが入り混じり、正次郎の鼻孔を刺激した。

三百坪ほどの敷地には、母屋のほかに大きな建物がある。

「まあ、わしの道楽だ」

嬉しそうに、次朗右衛門は言った。

建物の中は、薬の煎じ場になっているそうだ。

両国の近く、大川沿いに広がる薬研堀という地名の由来は、町の形が薬を煎じる薬研に似ているからだ。その薬研堀に一家をかまえたからか、次朗右衛門は賭場を営むかたわらで、五年ほど前から薬を煎じ、薬種問屋に卸しはじめた。すると、たちまち評判を呼び、いまでは薬造りが稼業の柱とまでなっている。

「見ていってくれ」

誇らしそうに、次朗右衛門は案内に立った。

正次郎は薬の匂いを嗅ぐと気分が悪くなり、かえって体調が悪化する気がするのだが、断るわけにはいかない。次朗右衛門は親切からか自慢なのか、正次郎に披露したくてしかたがないらしい。

おそらくは、正次郎にかぎらず、訪れる客には薬を煎じる場を見物させているのだろう。

正次郎は次朗右衛門に続いて、建物の中に入った。二十畳ばかりの板敷が広がり、黒の地味な小袖に裁着け袴を穿いた男たちが、十人ばかり薬研の前に座している。襷を掛け、彼らは忙しげに薬研車を引いていた。

かたわらには、薬種が山と積まれている。煎じた薬を紙に包んだり、丸薬にする者もいる。彼らはみな、次朗右衛門の子分たちだ。

薬種問屋顔負けの、薬の製造現場になっていた。

「言ってみりゃ、薬道楽だ」

次朗右衛門が言うと、

「すごいですね」

正次郎は素直に感心した。

むせ返る薬の匂いに鼻をつまみたかったが、次朗右衛門の手前、それはできず息を止めた。そのため、正次郎の声は鼻詰まりのように曇っている。

格子窓から爽やかな風が吹きこんできて、薬種の匂いを緩和してくれた。格子の隙間から、庭で大勢の男女が群れているのが見えた。

正次郎の視線を追った次朗右衛門が、

「ありゃあな、薬を恵んでやっているんだ」

貧しい者、薬を買えない者たちに、自家製の薬を配っているという。

「たいしたもんですね」

感服しましたと、正次郎は言い添えた。

「これも道楽だ」

次朗右衛門は笑った。

「うちはな、本町の薬種問屋に薬を卸しているが、それはばっかりじゃない。本町の旦那方の了解を得て、行商人にも卸してやっている」

本町の薬種問屋には迷惑がかからないよう、異なる商圏に薬を売っているということだ。

「親分が薬に熱心なのは、どうしたわけですか」

興味を抱きながら問いかけた。

「若いころ、やんちゃが過ぎて、女房、子どもをかえりみなかった。それにな、大の医者嫌いで、息子が風邪をひいたとき、ほったらかしにしてしまった」

結果、息子は風邪をこじらせて死んでしまった。

その衝撃と、次朗右衛門への抗議から、女房は首を吊ったのだとか。

「そんなこともあったんだが、わしの医者嫌い、薬嫌いはあらたまらず、好き勝手をやっていた。大酒をかっくらって美味い物をたらふく食べてな。そんな暮らしを続けていたもんだから、五年前に大病を患った。それでも、医者にかかる気がしなくってな。それならって、自分で薬を煎じようって思ったんだ。薬種問屋の旦那方に、薬草や薬を学んだんだよ」

次朗右衛門は目をしばたたいた。

正次郎が黙って耳を傾けていると、さらに言い添えた。

「なんでも、権現さまもみずから薬を煎じられたってことだぜ」

次朗右衛門が言ったように、権現さまこと東照大権現、徳川家康は、自分で薬を煎じ、健康に気遣っていた。

「権現さまとくらべるのも畏れ多いが、わしも薬に関しては造詣が深いと、自負しているぞ」

嬉しそうに次朗右衛門は言った。

「あっしは、薬はどうも苦手ですよ」

本音を吐露し、正次郎は軽く頭をさげた。

「風神の、よけいなお世話かもしれねえがな、自分の身体を過信しちゃあいけねえぞ。いまは丈夫でも、五十を過ぎるとがっくりとくるもんだ。自分がそうだったから言えるのさ。年寄りの冷や水かもしれねえが、耳に入れといてくんな」

いかにも気遣うように、次朗右衛門は煎じている薬について説明しはじめた。

あれは胃薬、向こうのは風邪薬、奥のは熱冷まし……熱っぽく語る次朗右衛門の横で、正次郎はつい上(うわ)の空となった。

説明を終え、

「どうだ、風邪薬でも持っていかねえか。これから寒くなるからな」

次朗右衛門は土産にくれると言う。

「ご親切にありがとうございます。ですが、あっしゃ、身体は頑丈(がんじょう)なもんで、風邪をひかねえんで……」

正次郎は、ささやかな抵抗を示した。

「いや、それが過信ってもんだ。いくら丈夫だって風邪は容赦ねえぜ」

親切なのかしつこい性格なのか、次朗右衛門は強く勧めてきた。こうなると、正次郎も意地を張りたくなる。

「馬鹿は風邪をひかねえって言います。あっしゃ、根っからの馬鹿なもんで」

受け取らない正次郎に、次朗右衛門は不満そうだったが、

「ま、いいやな。なんだが、説教じみちまったな。なら、風邪をひいたら、訪ねてきな」

次朗右衛門も、それ以上は立ち入らなかった。

薬談義が終わったところで、正次郎は本題に入った。

「栄吉の一件、南の奉行所に届けてきました」

「そりゃ、ご苦労だったな。なにか問題はなかったかい」

薬を煎じている子分たちに注意を向けながら、次朗右衛門は問いかけてきた。

「とくにはござんせんでした」

「そうかい。ならよかった」

次朗右衛門は満足そうにうなずいた。

「ただ、栄吉が親分を恨んでいたことが、どうにも気になりましてね」

そこで次朗右衛門は、正次郎に視線を向けた。

「誓願堀でも言ったが、あれはまったくの逆恨みでな」

そう言うと、子分を呼んで、紙包みをひとつ持ってこさせた。開くと、赤色の丸薬があった。

「これは……」

正次郎は首を傾げた。

「蟒蛇薬と言ってな、蛇眼草を煎じた効き目抜群の胃薬だ」

どうだい、と正次郎に勧めた。

正次郎が遠慮すると、次朗右衛門は丸薬を口に運び、水もなしで飲みこんだ。

顔をしかめ、

「苦いのが玉に瑕だが、良薬は口に苦しだ」

と、自分の腹をさすった。

「じゃがんそう……って言いますと」

聞きなれない薬草について、正次郎が問いかけると、

「じゃ、は蛇のことだ。つまり、蛇の眼の薬草ってわけだ。奇妙な薬草だろう。

ところがだ、これが大変な良薬なんだぜ」

と、言ったとき、柏原順太郎が姿を見せた。

「そうだ、柏原先生に説明していただくよ」

と、柏原を呼び寄せ、蟒蛇薬と蛇眼草についての講釈を頼んだ。

柏原は軽くうなずくと語りはじめる。

蛇眼草は、信濃の戸隠に生息しているそうだ。

「戸隠には蟒蛇が棲み、人を呑むと言われていた」

蟒蛇とは大蛇のことで、なんでも呑みこむことから、いくらでも酒を飲める者も蟒蛇と称される。

「わしはな、実際に蟒蛇に遭遇した。山中であった。あのときは肝を冷やした」

呑まれてしまうのではないかという恐怖心で、柏原は足がすくんでしまったという。

幸いにも蟒蛇は柏原ではなく、そばを通りかかった樵に襲いかかった。

「助ける暇などなかった。瞬きするほどの間の出来事であったな」

そのときの光景が脳裏に浮かびあがったようで、柏原は目をぱちぱちとしばたたかせた。

「まさしくひと呑みであった。哀れにも、樵は蟒蛇に呑まれてしまったのだ。わしは、すぐにその場を逃げ去ろうと思ったが、これでも学者ゆえ、蟒蛇の生態に興味を抱いた」

柏原は大木の陰にひそんで、蟒蛇が樵を呑む様を観察した。

「大きな塊が、蟒蛇の身体の中を尻尾に向かって移動した。いかなる大蛇でも自分の身幅よりも大きな獲物を呑むのは無理だろうと思ったが、それからしばらくすると、塊はどんどん小さくなっていった」

柏原は驚きをもって見ていたそうだ。

「樵を呑みこんだ蟒蛇は、真っ赤な舌を出して、ひどく満足そうだった。わしは背筋がぞっとなった」

見つからないよう、今度こそ、その場を離れようとしたが、蟒蛇が近くに群生している草を食べはじめたことに気づいた。

「赤い草だった。見たこともない草でな、わしはなんの草かと首を捻り、里の者に確かめたのだ」

村人は、「蛇眼草」だと答えた。

蟒蛇の好物だという。

「わしは、これだと思った」

蟒蛇が大きな獲物を丸ごと呑みこみ、あっという間に消化できるのは、この草のおかげではないか。

「そこで、わしは蛇眼草を採取し、煎じてみたのだ」

過食したあと、蛇眼草の煎じ薬は効果を発揮し、

「胃の腑がもたれることなく、すっきりとした」

これはいけると持ち帰り、次朗右衛門に教えた。

「なるほど、蟒蛇の薬ですか」

正次郎は赤い丸薬を、しげしげと見た。見たこともない蟒蛇の眼のような気がして、薄気味悪くなった。

それから、

「便利な胃薬というのはよくわかりました。それで、これは買い手がたくさんつくもんですかね」

正次郎は疑問を呈した。胃薬は、ほかにも売っているのだ。

すると次朗右衛門は胸を張り、

「江戸は闘食が盛んだ」

と、言った。

闘食すなわち、大食い大会である。

白米、稲荷寿司、蕎麦、餅といった食べ物ばかりか、酒、さらには醤油をいかにたくさん飲食できるかを競う大会が、年中そこかしこで開かれている。

彼らのなかには、優勝するために途中で食べた物をわざわざ戻す者もいる。さらには醤油を二升飲んで優勝したのはいいが、死んでしまったという男もいた。

それでも、盛んに開催される闘食である。蛇眼草のような薬があれば、喜んで買い求め、優勝を目指す者もいるに違いない。

「なにも闘食に出る者ばかりじゃないよ。二日酔いに苦しんでいる者にも、効き目はあるんだ。どんなに深酒したってな、蛇眼草を飲めば、たちどころに苦しみから解き放たれるってわけだ」

次朗右衛門が言うと、

「まさしく」

柏原もうなずいた。

「なるほど、効き目抜群なんですね」

うなずいたものの、正次郎は半信半疑である。

では、栄吉が言っていた新薬とは、この蟒蛇薬のことなのか。蟒蛇薬が、次朗右衛門が誇るように効き目抜群ならば、なぜ栄吉の女房と子どもは亡くなってしまったのか。

正次郎の心中を察したのか、次朗右衛門は問いかけた。

「なんだ、栄吉のことを考えているのかい」

「ええ、まあ……」

「栄吉の奴、新しい薬を女房と子に飲ませて、血を吐いて死んじまったなんて言ってやがったが、そりゃ、言いがかりもいいところだ。あいつが間違って、鼠捕りの石見銀山でも飲ませたか、あるいは……」

ここで次朗右衛門は、思わせぶりに言葉を濁した。

「どうしなすった」

正次郎は問いかけた。

「あの男は、相当に借金を抱えていたんだ。普通の博打とかじゃねえんだが、食道楽……というより、蕎麦に目がなかった」

蕎麦好きが高じて、賭けるようになったそうだ。蕎麦好きすなわち、「蕎麦っ食い」を自称する者たちの間で、食べた枚数を競うこともあれば、賭け相手は蕎麦を食べなくても、例えば蒸籠二十枚とか三十枚を食べられれば勝ち、食べられなければ負け、という具合に金を賭けるのだ。

「あいつは蕎麦好きなんだが、だからってたくさんは食べられるもんじゃなかった。それなのに、蕎麦っ食いを自認しているもんだから、むきになって賭けていたんだ」

猛者連中相手に、果敢に蕎麦の闘食に挑んだ。

その結果、借金を背負うことになったのだそうだ。

「だから、あいつは蛇眼草の効能を耳にすると、目の色を変えやがった。どうしても、蟒蛇薬を扱わせてくれ、と頼みこんだんだ。要するに、自分で使うつもりだったんだろう。あいつ、借金で首がまわらなくなっていたうえに、蟒蛇薬を仕入れようとしやがった。仕入れるにはある程度、数をそろえなきゃならねえ。当然、金がかかる」

蟒蛇薬は値が張る。なにしろ、信濃の戸隠から取り寄せなければならないからだ。

次朗右衛門は、懇意にしている薬種問屋にのみ扱ってもらおうと考えていた。行商人には卸す予定はなかった。それをどうしても、と栄吉はすがるようにして頼みこんできた。

栄吉とは長年にわたって、懇意にしていた。

もとはといえば、次朗右衛門の一家にいたのだそうだ。それが、次朗右衛門が薬を扱うと興味を覚え、娘が産まれたのをきっかけに、薬の行商人として生きることを決意し、足を洗ったのだった。

その際、栄吉は、半年間は無償で奉仕する約束までして、堅気になる許しを得たのだという。

そんな栄吉であるから、次朗右衛門も特別に目をかけて、蟒蛇薬を分けてやった。それでも、まとまった金は必要で、次朗右衛門はあるとき払いでいいと、金を貸した。

だが、栄吉は意地を張ったのか、金を作ると言い張った。

どうやら、蕎麦の大食いで賭けをおこない、勝つつもりだったようだ。

しかし、そうそううまくゆかずに負けてしまい、かえって借金を重ねてしまったのだった。

これは噂だぞ、と念押しをしてから、次朗右衛門は言った。

「一家心中をはかったんじゃないかって、噂があるんだぜ」

「借金を苦に……」

正次郎はつぶやいた。

「そうだ。それで、猫いらずを女房と娘に飲ませ、自分もあとを追うつもりだったのが、あいつだけは死にきれなかったってことだ」

次朗右衛門は渋面を作った。

続いて柏原が、

「哀れなものだ。次朗右衛門殿を逆恨みしたとはな」

「だから、わしとしては、なんとも後味が悪くてな」

「次朗右衛門殿のせいではない」

柏原の言葉にうなずきつつも、

「逆恨みといっても、かつては盃をやった子分だ。そう、割りきれるもんじゃねえですよ」

次朗右衛門は肩を落とした。

「気持ちはわかるがな」

柏原も同情した。

だが、正次郎はどうにも納得できない。栄吉が無理心中をはかったなど、そんなことをするものだろうか。

「わかってくれたかい」

次朗右衛門に言われ、

「ええ、まあ」

ここでは否定はせず、言葉を濁した。

「それならいい」

満足げな次朗右衛門に礼を言い、正次郎はその場を去った。

四

次朗右衛門の家を出たところで、正次郎は声をかけられた。栄吉の行商人仲間だという。

そのうえで、
行商人は、栄吉が腕のいい薬売りだったと、彼の死をしきりと惜(お)しんだ。

「栄吉さんは、薬選びにうるさかったんです」

と、言った。

薬の効き目を自分で確かめ、怪しげだと思うと決して扱わなかったそうだ。

「それで……ここだけの話ですがね、次朗右衛門親分が熱心に売りこんでいらっしゃる蟒蛇薬を扱わないって……ありゃ、紛(まが)い物(もの)もいいところだって、そんなこと、言ってました」

ここだけの話ですがね、とふたたび念押しをして、行商人は立ち去った。

行商人仲間の思わぬ話を聞き、正次郎は次朗右衛門と柏原への疑念を深めた。

蟒蛇の消化薬が紛い物だというのは、本当のことなのだろうか。

そんな思いを抱きながら、正次郎は一家に戻った。

すると、

「親分、佐治の旦那がいらっしゃいましたぜ」

子分に言われ、思わず笑みがこぼれた。

火盗改の同心、佐治剣之介とは、妙に馬が合い、

「正さん」

「剣さん」

と、呼びあう間柄である。

「邪魔するよ」

剣之介はいつものように、侍らしからぬざっくばらんな態度で入ってきた。

「達者そうでなによりですね」

鬱屈した気分が、剣之介の顔を見て幾分か晴れた。

「数日前、誓願堀で騒ぎがあったんだって」

剣之介は、栄吉の立て籠もり事件について聞いてきた。正次郎は事件の経緯をかいつまんで話してから、

「どうも、裏があるようで……」

と、腹のうちを包み隠さず言い添えた。

たちまち剣之介は興味を示し、

「裏ってなんだい」

「栄吉が訴えていた、薬研堀の次朗右衛門親分が売りだそうとしている胃薬のことなんですが……」

いままで、次朗右衛門を訪問していた経緯も語った。

「ふ〜ん、蟒蛇の胃薬ねえ」

剣之介は、いかにも怪しげだな、と笑いを放った。

「次朗右衛門親分てのはね、なかなか腹の底を見せない御仁ですよ。ご自分で薬を煎じるうちに、薬の商いにのめりこんだとおっしゃっていますが、賭場を本業にしていたころよりも、ご立派な暮らしぶりですからね。あっしのひがみかもしれませんが、賭場よりよほど儲かるから軸足を薬に移しなさったんじゃねえかって思いますね。なにしろ、薬の商いは、薬九層倍って言うくらい儲かるそうです

から」

　薬の売値は原価の九倍、ぼったくりの例えにされるほどだった。

「古狸（ふるだぬき）ってわけだね。古狸が薬で儲けの旨味（うまみ）を知って、効きもしない薬を扱っているのかもね」

　なおも剣之介は笑った。

　それから、

「よし、おれも古狸の顔を見てくるよ」

　やおら腰をあげる。

「剣さん、面倒をかけますね」

「なに、このところ暇なんだ」

　気安く剣之介は請け負（お）った。

　剣之介の眼はたしかで、悪の匂いを嗅ぎあてる鋭い嗅覚（きゅうかく）もある。

　自分の勘が正しいかどうか、剣之介に確かめてもらおうと、正次郎は期待していた。

　冷静になってみれば、自分は栄吉に肩入れをしすぎているかもしれない、とも思えたからだった。

五

その足で剣之介は、薬研堀の次朗右衛門の家にやってきた。

「ごめんよ、次朗右衛門さん、いる」

いつものざっくばらんな調子で、剣之介は声をかけた。子分たちは戸惑いの表情を浮かべたが、

「おれ、火盗改の佐治剣之介っていうんだ」

火盗改だと聞いても、侍とは思えない飾り気のなさすぎる剣之介に、子分たちは半信半疑となった。

だが、無下にするわけにもいかず、子分は次朗右衛門に取り次いだ。

そのまま、母屋の居間に通される。

畳は真新しく藺草（いぐさ）が香り立ち、床の間を飾る青磁（せいじ）の壺（つぼ）は唐渡（からわたり）のようで、いかにも値が張りそうだ。正次郎が言ったように、次朗右衛門は相当に羽振りがよさそうである。

次朗右衛門が姿を見せた。縁側には子分がふたり、次朗右衛門を守るように控

えていた。

次朗右衛門は剣之介を見て、訝しそうに首を傾げた。

「火盗改の旦那が、わしに用っていうのは」

「いい傷薬はないかって思ったんすよ。薬種問屋に行くのもいいけど、次朗右衛門さんの評判を耳にしてね。薬にくわしいってことだからさ」

もっともらしい口上を、剣之介は述べ立てた。

「評判がいいとは嬉しいですな。火盗改の旦那でしたら、なるほど、怪我はつきものでしょうから……」

次朗右衛門は子分を手招きして、ふたこと、三言、耳打ちをした。

「ずいぶん手広く薬を扱っているんすね」

感心したように、剣之介は言った。

「道楽ではじめたのですが、すっかりのめりこんでしまって。余生は、人さま、世間さまのお役に立つのがいいかと思って、本腰を入れました」

好々爺然とした笑顔で、次朗右衛門はもっともらしく語った。そこへ、子分が戻ってきた。

「これなんか、どうですかね」

小さな壺を差しだした。

塗り薬のようである。

「これはですな、戦国の世から伝わる薬です。武田信玄公が使っておられたのですぞ。甲州にあった信玄公の隠し湯で生い茂る薬草をもとに、作っておるのですよ。佐治さんもご存じでしょう。川中島の合戦で信玄公は、上杉謙信公に斬りかかられました。咄嗟のことで信玄公は軍配で応戦、馬上にあった謙信公の斬撃は凄まじく、軍配が壊れて信玄公は肩に深手を負われました。その傷を治したのが、まさしくこの薬です。手前では、武田散薬と呼んでおりましてな、お武家さまにはたいそう評判がようございますぞ」

得意そうに、次朗右衛門は講釈をした。

どこまで本当なのか怪しいものだが、

「そうっすか。じゃあ、使ってみるよ。効き目があったら、火盗改のみんなにも勧める。武田散薬っすね。傷に効くんなら、あんたらやくざ同士の出入りにも欠かせないね」

ずけずけと返した剣之介に、子分たちは目をつりあげた。

次朗右衛門は子分たちを制し、

「あいにくと、喧嘩沙汰は縁遠くなりましてな。もはやうちの一家には、宝の持腐れですな」

しれっと返した。

さすがは古狸である。

剣之介は料金を払おうとしたが、

「まあ、まずは使ってみてくださいな。それで気に入ったら、お求めください。お求めの際は、薬種問屋、丸田屋さんでお願いします」

次朗右衛門は慇懃に頭をさげた。

「じゃあ、もらっとくよ。もっとも、怪我はしないに越したことはないけどね」

「もっともですな」

次朗右衛門は笑った。

「それから、評判の胃薬があるんだって」

真顔になって、剣之介は問いかけた。

「さすがは火盗改の旦那、お耳が早いですな」

「蟒蛇が食べている薬草を煎じた薬だってね」

「これまた、よくご存じで。じつはそうなんですよ。胃薬の効き目たるや、それはもう医者いらずですよ」

次朗右衛門は自慢した。

「じゃあ、それも試したいな。ここで飲ませてくれませんかね」

一杯飲ませろという居酒屋でのやりとりのような調子で、剣之介は頼んだ。

次朗右衛門は、しばらく考える風であったが、

「わかりました。特別にお譲りしますよ」

と、子分に持ってこさせた。

「へ～え、これが蟒蛇薬か」

赤い丸薬を、剣之介は指でつまんでしげしげと眺めた。

次朗右衛門は、目をぎょろっとさせる。

「じゃあ、さっそく効き目を試したいからさ。なにか食べさせてよ」

なんのてらいもなく、剣之介はずうずうしい頼み事をした。

「あ、ああ、そうですな。と言っても、どうすれば……」

剣之介の調子にすっかりと呑まれたのか、次朗右衛門は目をきょろきょろとさせた。

「なんでもいいっすよ。そうだ、蕎麦がいいな。おれ、蕎麦っ食いだからさ。火

盗改の同僚と食べくらべするんだ。この前は二十枚平らげて勝ったな……よし、蕎麦二十枚だ。料金は払うから心配しないで」

剣之介の要求に、次朗右衛門は目を白黒させたが、

「では」

と、子分に蕎麦屋まで使いをさせた。

蕎麦が届くまで、次朗右衛門は薬についてあれこれと語った。

「へ～え」

「そりゃすげえや」

「なるほど」

鼻をほじりながら適当に相槌を打って聞いていると、蕎麦が届いた。五枚に重ねた蒸籠をずらりと並べる。

剣之介は箸を取り、蕎麦を手繰りはじめた。山葵を効かせた汁に浸すか浸さないかのうちに、勢いよく啜りあげる。

剣之介の見事な食べっぷりに、次朗右衛門ばかりか、子分たちも目を見張った。

あっという間に五枚を平らげ、次の五枚も難なく食べ終えた。

さすがに十一枚目となると、勢いは衰えた。それでも、十五枚を食べ終え、最

後の五枚に挑む。

この五枚には、さすがの剣之介も苦戦した。ときどき箸を止め、息を吐く。

「無理をなさらないで」

次朗右衛門が声をかけるが、剣之介は聞く耳を持たず、ただ箸を動かした。

最後の二枚は、蕎麦を味わうのではなく、無理に胃の中に流しこむといったありさまだった。

それでも、

「お見事!」

思わず次朗右衛門が称賛の言葉を投げると、子分たちも両手を打ち鳴らして剣之介を称えた。

剣之介は腹をさすりながら、

「ああ、意地になって食いすぎたよ。胃がもたれた。でも、大丈夫だ。これさえ飲めばね」

と、手のひらにある蟒蛇薬を飲みこんだ。

剣之介は、ぽんぽんと腹を小突き、

「さあ、効いてくれよ」

と、声をかけた。

次朗右衛門は黙ってしまった。

やがて、

「いててて」

剣之介は右手で脇腹を押さえ、苦しげに顔を歪(ゆが)めた。

次いで、

「ちっとも効かないっすよ」

恨めしそうに、次朗右衛門に訴えかけた。

「そりゃ、そんなすぐには……」

次朗右衛門は顔をしかめた。

子分たちは知らんぷりをしている。

「だって、すぐ効くんじゃなかったんすか。蟒蛇に呑みこまれた人は、すぐに溶けちゃうんすよね。蕎麦ならあっという間に、胃の腑から無くなっちゃうんじゃないの」

「もうちょっと辛抱(しんぼう)してくださいよ」

必死に、次朗右衛門は宥(なだ)める。

「そんなこと言われてもさ」

なおも剣之介は、苦しいと喚きたてた。

「いくらなんでも、食べすぎなんですよ」

言うに事欠いて、次朗右衛門は大食いを責めた。

「だって、闘食にもいいんでしょう」

「まあ、それはそうですけど」

次朗右衛門の言葉から勢いがなくなる。

恥も外聞(がいぶん)もなく文句を言いながら、剣之介はその場に横たわった。

次朗右衛門も帰ってくれとは言えず、かと言って、自分のほうが出ていくわけにもいかず、剣之介の成すがままにさせた。

四半刻ほど、腹をさすりながら苦しんだが、

「ああ、やっと、腹の具合が落ち着いてきた」

剣之介が言うと、

「そうでしょう。効くんですよ」

ほっとしたように、次朗右衛門は笑顔で返した。

「効いたのかなあ。薬を飲まなくたって、こうなっていたんじゃないかな」

「効いたんですよ」

次朗右衛門は語調を強めた。

「そうかなあ」

「薬はですね、信心に似ているんですよ」

得意のもっともらしさで、次朗右衛門は言った。

「信心っていうと」

「鰯の頭も信心から、と申しますように、薬もですな、効くと信じて飲むと効くのです。反対に、効くのか疑わしいと勘ぐって飲むと、効くものも効かなくなるのですよ」

「そういうもんかな」

「そういうものですよ」

次朗右衛門は動じない。

「でもさ、酒は酔うと思わずに飲んでも、酔っぱらうよね」

思わぬ剣之介の反論に、

「まあ、それはそうですが」

次朗右衛門は渋面となった。

「蟒蛇薬、やっぱり効き目がないんじゃないの」

ずけずけと言いたて、剣之介は責めるように目を尖(とが)らせた。餓鬼(がき)大将がそのま
ま大きくなったような面差しが際立った。

「佐治さん、そんなことを言わないでください。効いているっていう者も、たく
さんいるんですからな」

「次朗右衛門さんの顔を立てているだけなんじゃないんすか」

またも、ずけずけと剣之介は言った。

「そんなことはありません」

次朗右衛門は苦虫を嚙んだような顔になった。

六

さんざん蟒蛇薬に文句をつけたあと、剣之介は次朗右衛門の家を引きあげた。

「あっ、蕎麦代払うの忘れた……」

と、気がついたが、

「ま、いいか」

剣之介は手で満腹の腹を叩いた。

次は、次朗右衛門が懇意にしている日本橋本町の薬種問屋、丸田屋へと向かった。

丸田屋は本町の表通りに店をかまえ、店売りもおこなっている。軒を連ねる薬種問屋のなかにあっても、老舗(しにせ)で知られていた。

店先では、

「評判の蟒蛇薬だよ」
「いまのうちだよ」
「これで闘食を勝てるよ」

などと手代(てだい)たちが道行く者に声をかけ、大々的に蟒蛇薬を売りこんでいた。

「これが、蟒蛇薬かい」
「おい、蟒蛇薬だぜ」
「いまなら半額だってよ」

などと、客たちも誘いあわせて蟒蛇薬を買い求めている。

が、彼らをよく見れば、次朗右衛門一家の子分たちである。いわば、さくらとなって蟒蛇薬を広告しているのであろう。

こんな薬、効かないよ、と言いふらしてやろうと思った。

すると、次朗右衛門一家の者たちとは違う男たちが、店先に立った。彼らは、蕎麦、稲荷寿司、牡丹餅、それぞれの闘食会の優勝者であった。

彼らも、蟒蛇薬のおかげで闘食会に優勝することができたのだ、とおおいに吹聴した。

そんな応援もあり、人々が集まって、蟒蛇薬は飛ぶように売れていった。

「鰯の頭も信心から、か。なるほどね」

薬というものは奇妙だな、と剣之介は思った。

「薬九層倍とは聞いたけど……」

正次郎の言葉が思いだされた。

次朗右衛門が丸田屋におろす卸値は、丸薬ひとつで十文であるという。

それを丸田屋は、十粒を紙袋に入れて、三百文を正規の値段とし、いまは特別に半値の百五十文で売っている。

丸田屋はひと袋あたり、五十文の儲けであった。薬九層倍とはほど遠い、いわば適正な値である。決して、暴利をむさぼってはいない。

次朗右衛門にしても、遠く信濃の戸隠に生息する薬草を仕入れていることを思えば、それほどの暴利でもないように思えた。

一見して、まっとうな商いである。いや、薬九層倍と称される薬の商いにしては、良心的だとさえ言えよう。

それなのに栄吉は、蟒蛇薬の効き目がないと言っていた。

もし、栄吉の言葉どおりだとしたら、次朗右衛門は、蟒蛇薬が紛い物だと栄吉に見抜かれ、女房と娘を殺したのだろうか。

例えば、蟒蛇薬に見せかけ、じつは石見銀山であったとか……。

だが次朗右衛門は、蟒蛇薬が効かないことを、それほど秘密にはしていなかった。さすがに偽薬(にせぐすり)だとは認めないものの、鰯の頭も信心から、などとうそぶいてもいた。

少なくとも、蟒蛇薬の効用(こうよう)をまるごと信じているわけでもないようだった。

であれば、蟒蛇薬のいかがわしさを栄吉に知られたところで、口封じには動くまい。

すると、いったい、なにがあったのだろう。

栄吉は蕎麦の闘食会に出場したり、賭けたりしていたという。

そうだ、闘食会で優勝した男が来ている。あの男に聞いてみよう。

蕎麦の闘食会で優勝したのは、米蔵という小間物屋の若旦那だった。

「米蔵なのに、蕎麦が好きなんですよ」

米蔵は、そんな軽口を叩いた。

剣之介は蕎麦を奢ると言って、米蔵を誘った。蕎麦に目がないという米蔵であったがため、剣之介の誘いにまんまと乗った。目についた蕎麦屋に入り、さっそく盛り蕎麦を頼んだ。

蕎麦食いは身の丈ほどの蒸籠を重ねる。もっとも身の丈といっても、座った場合で、座高までということだ。それでも、相当な蕎麦を胃の腑におさめることに違いはないのだが。

じつに美味そうに、米蔵は蕎麦を手繰り、いかにも満足そうである。

すでに剣之介は蕎麦で腹がいっぱいのため、蕎麦味噌を肴に、酒をちびりちびりと飲んだ。

米蔵の蕎麦食いが落ち着いたところで、

「栄吉のこと、知ってるよね」

と、問いかけた。

「ええ、まあ」

米蔵の声がしぼんだ。

誓願堀の一件が気になっているようだ。

「栄吉、蕎麦が好きだったんだろう」

「好きでしたね。本当に」

米蔵はうなずいた。

それから、懐かしそうに目をしばたたき、

「蕎麦の話になりますと、それはもう熱心に語られたんですよ。どこそこの店の蕎麦が美味い、腰がいい、とかね」

蕎麦についての蘊蓄を語りながら蕎麦を食べることを、栄吉は無上の喜びとしていたようだ。

「江戸ばかりじゃなくて、あの人、薬の行商をやっていたんで、全国いろんな土地で蕎麦を食べているんですよ。それで、土産話を聞かされてね。それは楽しそうだった。意外なのは、但馬の国の出石という土地の蕎麦が美味かったって、言っていたね」

出石は但馬の山間の土地、関西というとうどんだが、出石は蕎麦どころだそうだ。皿に盛られた、皿蕎麦を食せるという。

「これがですね、なんで出石が蕎麦の名物かって言いますと、信州のお大名だった仙石さまがお国替えで出石にいらして、その際に信州から蕎麦職人を連れていかれたそうなんですよ」

「なるほど、蕎麦好きの殿さまのおかげで、出石は蕎麦どころになったたってわけだね」

ふんふんと感心してから、剣之介はふと、

「栄吉さんは、当然、蕎麦どころの信州にも行っていたんでしょう」

「それはもう、よく行っておられましたよ」

米蔵は、それがどうしたというような目をした。

「ひょっとして、戸隠も訪れていたのかい」

重ねて問いかけると、

「ええ、戸隠蕎麦は美味いって、何度も行っていましたっけ」

「戸隠か……」

剣之介はつぶやいた。

「蕎麦どころの信州にあっても戸隠の蕎麦は絶品だって、栄吉さんは口を酸っぱくしておっしゃっていましたよ」

米蔵は言葉を重ねた。

「そういえば、蟒蛇草は戸隠で生息しているんだってね」

「そう丸田屋さんは、おっしゃっていましたね」

「栄吉さんは、蟒蛇や蟒蛇草のことを知っていたんだろうか」

剣之介の問いかけに、米蔵は記憶をたどるように首を捻ったまま固まった。

それから、

「栄吉さんからは聞いていませんね」

と答えてから、どうしてだろうな、と不思議そうにつぶやいた。

「戸隠に何度も足を運びながら、蟒蛇草のことは知らなかったのかい」

「知らなかったかどうかはわかりませんが、蟒蛇草のことは、栄吉さんの口から聞いたことはありませんよ」

「栄吉は薬の行商人だったんだから、そんな珍しい薬草があるのなら、興味を持たないはずはないと思うけど」

「そういえば、そうですよね。まあでも……戸隠も広いでしょうからね」

米蔵は取ってつけたような理由を添えた。

「広いと言っても、そんな珍しい薬草だよ。行商人なら耳にしたはずさ」

「まあ、そうですね」

米蔵も納得した。

「それで、蟒蛇草、効くのかい」

そこでずばり、剣之介は尋ねた。

「まあ、効くと思えば効きますね」

微妙な物言いをする。

「鰯の頭も信心から、の類ってことかい」

剣之介は笑った。

「まあ、そういうことです。効くと思えば効くんですよ。蟒蛇の胃薬と聞けば、いかにも効きそうじゃありませんか」

「違いないね」

それにしても、戸隠に何度も足を運んだ栄吉が蟒蛇草を知らなかったのは、どういうわけか。

答えはあきらかだ。

戸隠に蟒蛇草なんか生息しないし、そもそも、そんなごたいそうな薬草なんぞこの世に存在しないからだ。

栄吉は、薬を扱う行商人として、そんな次朗右衛門が許せなかったのだ。

栄吉さんは生真面目な行商人だった……正次郎は仲間の行商人から、そんな栄吉の人となりを聞いたと言う。

誠実な薬売りの栄吉ゆえ、次朗右衛門のやり方が許せなかった。やはり、蟒蛇薬の紛い物加減を、栄吉は憤(いきどお)っていたのだ。だが、それだけではないだろう。蟒蛇薬の売りこみに象徴(しょうちょう)される次朗右衛門の商いのやり方に、栄吉は強く反発したのではないか。

「きっと、そうだ」

剣之介は言った。

「ええ、どうなさったんですか」

米蔵が聞いてきた。

「いや、なんでもないよ。あんた、蟒蛇薬の広告をするのに、次朗右衛門から礼金をもらっているんだろう」

「それはまあ」

多少の礼金と、蟒蛇薬を百粒ほどもらったそうだ。

「金はともかく、薬のほうは、そんなにもらってもねえ」

本音は、ありがた迷惑だ、と言いたいようだった。

「なら、これからも蟒蛇薬を飲んで、闘食会を頑張ってくれ。そうだ、まだ蕎麦を食っていくかい」

気を遣って剣之介が尋ねると、

「ありがとうございます」

では、と言って、米蔵は蕎麦を十枚追加した。それを聞いただけで、剣之介は胸焼けがした。

七

その夜、剣之介と正次郎は、次朗右衛門の家に向かった。

「剣さんの推量ですと、栄吉は蟒蛇薬以外にも、次朗右衛門の商売の怪しさを知った、ってことですね」

正次郎に確認され、

「そうだよ。次朗右衛門は表沙汰にできない薬を扱っているんだろう。昼間はまっとうに薬を煎じていても、夜になったらいかがわしい薬……おそらくは阿片でも作っているんじゃないかな。まったくの勘だけどね」

「蟒蛇薬は、阿片を売りさばくための目くらましってことですか」

「丸田屋に阿片を扱わせているんじゃないかな。店頭では蟒蛇薬を売り、内々に蟒蛇薬に見せかけた阿片を売る……そんなからくりだと思うよ。ま、推測の域を出ないから、正さんと確かめてみようじゃないかって思ってね、付き合ってもらったんだ」

「剣さんの推量どおりだとしたら、どうします」

尋ねながらも、正次郎はにんまりとした。

「決まっているさ。古狸と蟒蛇を退治してやるよ。異存あるかい」

「あるわけござんせんや」

正次郎が応じると、剣之介は楽しそうに指を鳴らした。

ふたりは、薬の煎じ場へと向かった。

真夜中というのに、煌々と明かりが灯されている。窓に近づき、格子の隙間から覗くと、次朗右衛門が歩きまわっていた。

「急げよ、いまが売りどきだ」

次朗右衛門は、子分たちを叱咤した。

大量の芥子が用意され、芥子の実から取った果汁を乾燥させ、固まったところで火鉢で炙り、それを紙に包む……まさに、阿片の製造過程だった。

「よし、持ってこい」

次朗右衛門はどっかとあぐらをかき、煙管を手にした。手下が差しだす紙包みからできあがった阿片を、煙管に詰めた。

ひと口、吸いこむと、

「よし、これでいい」

と、合格を出し、作業を急がせた。

剣之介と正次郎は、そのまま薬の煎じ場に入っていった。

すぐに次朗右衛門はふたりを見つけたが、阿片を吸ったせいか、目がとろんとなっている。

「夜なべとは、ご苦労さんだね」

のんびりと剣之介は声をかけた。

「なんですよ、こんな夜更けに」

次朗右衛門は剣之介から、正次郎に視線を移した。

「親分、こりゃなんですか」

正次郎は、次朗右衛門のかたわらに置かれた紙包みを拾いあげた。

「新しい薬だ」

悪びれずに、次朗右衛門は答えた。

「どんな効能があるんですかね」

「万能薬(ばんのうやく)だ。風神の、よかったら持っていきな」

「遠慮しときますよ」

「ああ、そうだったな。おめえ、薬嫌いだったんだ」

正次郎に断られ、次朗右衛門は剣之介に勧めた。

「蟒蛇薬みたいに、効きもしないいんちき薬と違って、効き目抜群のようっすね。夜更けにもかかわらず、子分たちも元気いっぱいで働いているよ。しかも昼間の連中ばかりだ。働きづめでも平気なんすね。まさに、すごい効き目の薬だ」

剣之介は冷笑を浮かべた。

「なにしろ、万能薬ですんでね。こりゃ、売れますぜ」

なにがおかしいのか、次朗右衛門は肩を揺すって笑った。

「子分を阿片漬けにしてまで働かせ、できあがった阿片は、女郎屋にでも売るんですかね」

　剣之介は目を凝らした。

　そこで正次郎が、

「薬研の親分、あんた、任侠道を踏み外したね。あっしらやくざ者は、世の中の裏街道を歩いているが、犬畜生に身を落としちゃあいけねえんだ。阿片は人でなしにしてしまう。あんたも人でなしだ」

　と、睨みつけた。

　むっとした表情で次朗右衛門は立ちあがり、

「偉そうな説教はいらねえぜ。おい、野郎ども！」

　と、子分たちをけしかけた。

「おもしろい、そうこなくちゃ」

　剣之介は、長脇差を鞘ごと抜いた。朱鞘の先を覆う鉛が、鈍い煌めきを放つ。

　正次郎は素手で敵に対する。

　次朗右衛門に命じられ、子分たちが剣之介と正次郎に迫るが、阿片漬けになっているとあって、へらへらとした笑みを浮かべ、緊張を欠いている。

「なんだか物足りないな」

剣之介は舌打ちをし、敵の群れに駆け寄ると、手あたり次第に朱鞘で殴りつけた。足腰が覚束(おぼつか)ない子分たちは、無抵抗で殴られっ放しだ。

あっという間に、子分たちは板敷にのびてしまった。

「つまんないな。ちっとは骨のある奴はいないのかい」

剣之介が不満を漏(も)らしたとき、

「拙者では不足かな」

と、戸口から柏原順太郎が入ってきた。

剣之介の目元がゆるんだ。

「あんたか、栄吉をあざやかな手口で斬ったっていう浪人さんは」

「いかにも。今宵はそなたを一刀両断にしてお目にかけよう」

柏原は剣之介の前に立った。

「一刀両断にされたら、見えないけどな……ま、いいや。あんたなら喧嘩相手になりそうだ」

剣之介は長ドスを腰に差した。

柏原は腰を落とし、左親指で大刀の鯉口(こいぐち)を切った。

眼光鋭く剣之介を睨みながら、すり足で間合いを詰める。

剣之介は動かない。

じりじりとした緊張を楽しむかのように、表情をやわらげている。

それが癇に障ったのか、柏原は顔をしかめ、大きく歩を踏みだすや抜刀し、掃い斬りを放った。

刃が風を切り裂き、剣之介の胴を襲った。

剣之介は板敷を転がり、柏原の足元に近づくと、足払いを掛けた。

柏原は板敷にひっくり返った。

すかさず剣之介は立ちあがると、柏原の顔面を蹴りあげる。

柏原は鼻血を飛び散らせながら昏倒した。

「なにをしてやがるんだ」

業を煮やした次朗右衛門が、懐に呑んだ匕首を抜き、正次郎に向かった。

正次郎は動ぜずに、次朗右衛門が突きだした右手首をつかみ、捻りあげる。

次朗右衛門の顔が苦痛に歪み、匕首を落とした。

「親分らしく、観念しな」

正次郎は、つかんだ手を離した。

「わかったぜ、どうにでもしな」

次朗右衛門は腰を落とし、観念するように正座した。

「奉行所に出頭してくれ。おらあ、あんたを奉行所に突きだしたくはねえ。自分から出頭するんだ」

正次郎は、任俠道の大先輩に、情けと期待をかけた。

「ああ、おれも、ちっとは知られた男だ。薬研堀の次朗右衛門は、犬畜生じゃねえぜ」

しおらくしく肩を落とした。

正次郎はうなずくと、背中を向けた。

と、次朗右衛門は板敷に転がった匕首を拾いあげ、正次郎に飛びかかろうとした。

咄嗟に剣之介が黒紋付を脱ぎ、次朗右衛門に放り投げた。黒紋付が翻り、真っ赤な裏地が紅の花を咲かせたようだ。

紅の花は、次朗右衛門の頭上に舞い落ちた。

「あぁっ……なにしやがる」

黒紋付に絡みとられ、次朗右衛門はもがいた。

「犬畜生以下の獣を、生け捕りにしたんだよ！」

剣之介は怒鳴りつけた。

正次郎は周囲を見まわし荒縄を見つけ、剣之介に渡した。

頭から黒紋付を被った次朗右衛門を、剣之介は荒縄で縛りあげた。

「剣さん、すまねえ」

正次郎は一礼した。

「正さん、人が好いんだから」

剣之介は、にっこり笑った。


次朗右衛門と薬種問屋・丸田屋は、阿片の取り扱いの罪で、南町奉行所に摘発された。

あわせて次朗右衛門は、栄吉の女房と子どもに毒を飲ませたこともあきらかとなった。蟒蛇薬を試してみな、と栄吉の留守に与えたのだとか。

正次郎は南町奉行所に、栄吉と女房、子どもを同じ墓に弔うことを願い出て、許された。

あの世で親子水入らずで暮らしてくれ、と正次郎は秋空を見あげた。

背中の唐獅子が咆哮した。
唐獅子も、栄吉親子の冥福(めいふく)を祈っているかのようだった。

第三話　十年の盗み

一

神無月の十日、紅葉や銀杏が色づき、朝夕の冷えは厳しくなっている。

夕暮れ時、本所吾妻橋で質屋を営んでいる粂蔵は、店仕舞いをしようとした。

好々爺然としたその表情は、近所でも仏の粂さんと呼ばれ親しまれている。

還暦を迎え、髪はすっかり白くなっているものの、足腰はしっかりとしており記憶力も衰えていない。

身内はおらず、ひとり住まいだ。

朝は飯を炊き、味噌汁を作る。食欲も衰えておらず、朝から丼飯を平らげるのが常だ。日が暮れれば近所の馴染みの店で一杯やるのが日課であり、楽しみでもあった。

暖簾を取りこもうとしたところ、

「ごめんください」

と、若い男が入ってきた。

月代を残したまま髷を結う、いわゆる儒者髷という髪型と黒の十徳を身に着けていることから、学者か医者だろう。面長の優男で、ほっそりとして背が高い。

粂蔵は男を見やった。男はぺこりと頭をさげた。

「いくら貸してほしいんだい」

粂蔵は値踏みするように若者を見た。医者としたら薬箱を持参してきたのか、と見当をつけたが、若者は手ぶらである。

「これで」

若者は懐中から、匕首を取りだした。

質草にしてくれというのだろう。

匕首の鞘には、土蜘蛛の絵が描かれていた。

粂蔵は目を凝らした。

若者が粂蔵を見据えながら、

「お頭……」

と、つぶやく。

条蔵も若者を見て、

「おめえ……勘助の……」

「倅で伊織っていいます。いまは緒方伊織と名乗って、医者をやっています」

伊織はお辞儀をした。

「そうか、ずいぶんと立派になったじゃねえか。十年ぶりか」

条蔵は目を細めた。

「わたしが十一の時分にお会いして以来ですから、十年が経ちました」

伊織は言った。

「そうかい、もう十年も経つか」

感慨深そうに、条蔵は目をしばたたいた。

「お懐かしゅうございます」

背筋をぴんと伸ばし、伊織も感慨を言葉にこめた。

「どうだい」

勘助の息子なんだからいける口なんだろう、と条蔵は猪口を傾ける真似をした。

伊織は応じた。

　店を閉め、粂蔵は伊織を連れて、行きつけの小料理屋にやってきた。

　暖簾をくぐると、

「奥、空いているかい」

と、女将に問いかける。

「どうぞ」

　愛想よく女将は案内をした。

　粂蔵は伊織を伴い、奥座敷に入った。酒を頼んでから、

「美味いところをみつくろっておくれな」

と、料理は女将に任せる。

　燗酒と焼き銀杏が届き、まずは一杯飲んでから、粂蔵は伊織に向いた。

「勘助は気の毒だったな」

　粂蔵はつぶやいた。

　伊織も唇を噛む。

　次いで、伊織は粂蔵に向き直り、

「お頭、やりませんか」

と、切りだした。

粂蔵は苦笑を漏らし、

「おらあ、足を洗ったんだぜ。いまはただの質屋の爺だよ」

「いや、土蜘蛛の粂蔵の名は落ちてはいない。大仕事をやりましょう」

「おまえ、やっているのかい」

粂蔵は人差し指を立てた。

「わたしは、親父の仇が討ちたいのです」

思いつめたように、伊織は言葉を吐きだした。

そこへ、料理が運ばれる。

松茸の土瓶蒸しと焼物、がんもどきの煮付が並べられた。松茸が香りたち、食欲がそそられる。

「まあ、食えよ」

粂蔵は箸を取った。

伊織も食べはじめたが、表情は硬い。腹が満たされてから、

「でっかい仕事があるんですよ」

ふたたび伊織は、粂蔵に訴えかけた。

「おめえ、堅気になったんだろう。医者じゃねえか。立派なもんだ。勘助が自慢していたぜ。倅は自分と違って頭がいい、ってな。それで、医者の修行をさせたんじゃねえか。長崎にも行かせたはずだぞ。偉いお医者に大金払って、おめえのこと面倒を見てもらったんだろう」

伊織は十一のとき、江戸の高名な医師・緒方闇斎に弟子入りした。緒方は特定の大名家の御典医になることをよしとせず、市井で診療所をかまえ、多くの患者の治療にあたるかたわら、弟子の育成にも熱心だった。

勘助は緒方に、千両を預けた。

伊織が優れた医者になる見込みがあるのなら、そのために使ってほしいが、見込みなしならば、緒方先生が自由に使ってくれてかまわない……そう言って、息子を託したのだ。

緒方の下で伊織は懸命に学び、頭角を現した。緒方は伊織を長崎に留学させ、自分の後継者に指名した。

そこで伊織は、ある申し出をした。緒方の診療所を継ぐ前に、一年間だけ江戸の市井で町医者として診療したい、と言ったのだ。

緒方は、伊織の申し出を受け入れた。

目下、伊織は診療所をかまえず、小石川の養生所や深川界隈の診療所を手伝っているらしい。

「親父の気持ちはわかっています」

伊織は言った。

「狙うのは、出雲屋善右衛門ですよ」

「わかっているのなら、そんなことは考えるな」

絞りだすように吐きだし、伊織は粂蔵を見返した。

「………」

粂蔵の両目が見開かれる。

出雲屋は、日本橋の表通りに店をかまえる幕府御用達の両替商である。大名貸しもおこなう、大店であった。

主人の善右衛門は、町役人を務め、篤志家としても知られている。

貧しい者たちのために施しをおこない、ひとり一両の上限を設け、無利子、無催促で金を貸しているのだ。

名は体を表す、とは世間の評判で、善行を積んでいることで有名だ。

そんな出雲屋善右衛門であるが、誰よりも伊織にとっては、忘れがたい敵であった。

十年前、土蜘蛛の粂蔵一味は出雲屋に押し入った。伊織が緒方闇斎に預けられて、ひと月ほどあとのことである。

その際、善右衛門の張りめぐらした罠にかかり、勘助は捕まってしまったのだ。

しかも汚いことに、

「善右衛門は三千両、盗まれたと言いたてたんだったな」

粂蔵は太い声で言った。

火盗改の御用提灯が迫り、土蜘蛛一味はなにも盗まずに逃走した。しかし、善右衛門は、三千両の被害に遭った、と言いたて、幕府におさめるはずの運上金二千両を免除されたのである。

「善人面して、じつに狡猾な男ですよ」

伊織は声音に怒りを滲ませた。

「たしかに、とんでもねえ野郎だ」

粂蔵も、むらむらと怒りが湧いてくる。

伊織の父、勘助は、粂蔵の右腕であった。罠に絡めとられ、善右衛門に火盗改に突きだされた。

火盗改に対し、勘助はいっさい土蜘蛛一家のことを話さなかった。厳しい拷問にも口を割らないまま、磔にされたのだ。

善右衛門は三千両を盗まれたという虚偽の申し立てをして、運上金を免れたばかりか、土蜘蛛一味捕縛に功を挙げたことを幕府から表彰され、それをきっかけに公儀御用達になったのである。

「お頭、やりましょう」

伊織は繰り返した。

「おれだって、出雲屋は憎いさ。勘助の仇だって取ってやりてえ。しかしな、配下の者たちは足を洗っているし、おれだってもう還暦だ。それに悔しいが、出雲屋はお上の御用達の両替商だ。用心も相当なもんだろう」

粂蔵は渋った。

「店じゃなく、寮に押し入るんです。あの寮には、隠し金があるんですよ。公儀の勘定所にも届けていない金がね」

「おまえ、馬鹿にくわしいじゃないか」

おやっ、となって粂蔵は問いかけた。

伊織は問いかけには答えず、

「それにね、間違いのない手引き人がいます」

自信たっぷりに言った。

「ほう……手代か女中でも抱きこんだのか」

粂蔵が目を凝らすと、伊織は首を左右に振り、

「わたしですよ」

と、自分の顔を指差した。

「なんだと……」

粂蔵は口をあんぐりとさせた。

「わたしは主治医となり、出雲屋に出入りしているのです」

「そりゃ、たいしたもんだな」

「医術を学んでよかったです。半年前から出雲屋に出入りをし、いま寮で療養している娘、お菊の治療にあたっています」

信用されているため、寮内の配置や金のありか、合鍵の作製も容易にできるのだ、と誇った。

「いや、寮には金蔵すらないんです。善右衛門はお上の眼をくらますため、寮には金を置いていないと見せかけているんです。ですから、千両箱を物置小屋に隠

しております。農具や大工道具と一緒にね。善右衛門の奴、気づく者なんていないって、高をくくっているんですよ」

「なるほど……」

「お頭……」

粂蔵の決意をうながすように、伊織は唇を引き結んだ。

粂蔵はしばらく思案ののちに、

「土蜘蛛の粂蔵といやあ、ちっとは知られた盗人(ぬすっと)だ。おとなしく余生を送っている場合じゃねえ。地獄で待っている勘助に仇を討ってやったって、土産(みやげ)話してやろうじゃねえか」

「そうこなくちゃ」

伊織は声を弾ませ、酒の追加を頼んだ。

酒を酌(く)み交わし、

「わたしはね、善右衛門を苦しませてやっているんですよ」

「どんな具合にだ」

「十年前の恨みを晴らす、という脅迫文(きょうはくぶん)を送ってやっています。善右衛門の奴、後ろめたさがあるもんだから、火盗改や奉行所に相談することもできず、怯(おび)えていますよ」

　肩を揺すって、伊織は笑った。

「そうかい」

　粂蔵も嬉しそうに顔を綻ばせる。

「とことん苦しめ、あいつから三千両を奪ってやる」

　伊織の目に炎が燃えあがった。

「おお、やってやろうぜ。今度こそ本当に、三千両を奪ってやるんだ」

「土蜘蛛一味の復讐ですよ」

「だがもう、手下は使えねえぞ。十年前、出雲屋の盗みをしくじって解散したからな。みんなばらばらになった。年に一度か二度、訪ねてくる奴もいるが、すっかり歳をとって、盗みなんざできねえ」

「お頭とわたしで十分ですよ。任せてください」

　伊織は請け負った。

「任せるぜ」

　今日の酒は美味い、と粂蔵は頰をゆるめた。

二

佐治剣之介と山辺左衛門は、両替商出雲屋の寮に呼ばれた。深川木場に近いとあって、木の香りが潮風に運ばれてくる。曇天の冬空に、木遣り節が響いてもいた。

母屋の居間に通され、上等なお茶と羊羹を出された。

剣之介は遠慮なくむしゃむしゃと羊羹にぱくついたが、山辺は手をつけない。遠慮しているのではなく、甘い物が好きではないのだ。酒がまずくなる、というのが口癖だ。

「出雲屋っていやあ、大きな両替商っすよね」

さすがに剣之介も、出雲屋のことは知っていた。店でなく寮に呼ばれたのが、気にかかるところだ。

「十年も前だったかな。土蜘蛛の粂蔵という盗人一味が、盗みに押し入ったのだ。たしか三千両を奪ったはずだが」

あのころはわしも若かった、と山辺はつぶやき、捕物の陣頭指揮を執ったのだぞ、と懐かしがった。

がすぐに、三千両奪われたうえに頭領の粂蔵を逃し、結局三千両も粂蔵も行方知れずのままだ、と悔しがった。

「三千両か、そりゃ、すごいっすね。土蜘蛛の粂蔵、たいしたもんだ」

火盗改としては不謹慎極まる発言だが、剣之介の口から語られると違和感がない。

それでも山辺は諫めるように、ごほんと空咳をしてから、

「逃げ遅れた土蜘蛛一味のひとりが捕まったのだがな、そいつを捕縛できたのは、出雲屋の主人善右衛門殿が、屋敷内に仕掛けた罠に絡み取られたからだった」

幕府御用達、町役人も務める両替商とあって、善右衛門殿と呼んだ。剣之介にも、失礼な言動は慎めと言いたいようだ。

剣之介は気にすることなく、

「捕まえた盗人から、土蜘蛛一味の根城を聞きだせなかったんすか」

「ああ、口を割らなかったな」

「ずいぶん、しぶとかったんだね。で、土蜘蛛一味はどうなったんすかね」

「出雲屋の盗み以来、ぷっつりと消息を絶ったな。江戸から出ていったんだろう。

火盗改も追ったんだが、捕まえられなかった」

しきりに、山辺は残念だと悔しがった。

そこへ、主人の善右衛門が入ってきた。

「わざわざ足を運んでくださり、恐縮です」

善右衛門は深々と頭をさげた。

山辺が挨拶を返したのに対し、剣之介もいつもの調子で、

「火盗改の佐治剣之介っす。よろしく」

と、右手をあげた。

善右衛門は剣之介の侍らしからぬ態度に戸惑いながらも、用件に入った。

「じつは、手前としましては、火盗改さまを煩わせたくはなかったのですが、娘がたいそう心配いたしまして……」

と、善右衛門は言いわけめいた台詞を発した。

山辺は、どんな些細な相談事でも承ります、と応じた。

「このところ、妙な文が届くようになったのです」

善右衛門は懐中から文を取りだし、畳の上に広げた。

ひどいかな釘文字で、

「十年前の恨みを晴らす」

「土蜘蛛は帰ってくるぞ」

「今度こそ三千両を奪う」

などと記してあった。

まさに怪文書である。

「土蜘蛛一味か」

感慨深そうに、山辺はつぶやいた。

「本当に土蜘蛛一味なのかどうか、怪しいものですし、性質(たち)の悪い悪戯(いたずら)だと思います。きっと、悪戯に違いないのです」

しかし、娘のお菊が怪文書に怯えてしまい、火盗改に連絡したのだそうだ。お菊が呼んだから、店ではなく寮なのかもしれない。

「娘さんに脅迫文を見せたんすか」

剣之介が問いかけると、

「脅迫文は寮に送られてくるのです。差出人も宛名も記してありませんから、娘が目を通してしまいました……娘は患(わずら)っておりまして、寮で養生しております」

善右衛門は、娘の身を案じていた。

次いで、

「十年前の一件以来、土蜘蛛一味の消息はわかっていないですな」

「面目ないことに、捕まえることができず」

山辺は恥じ入るように面を伏せた。

「火盗改さまを責めるつもりはございません。なにしろ、尻尾を出さない盗人一味でしたからな」

「おそらく、文は悪戯と考えられますが、用心に越したことはありませんな」

「もちろん、店の金蔵は何重にも鍵を掛けておりますし、南北町奉行所も警戒をしてくださっています」

うんうんとうなずいた善右衛門をよそに、剣之介が山辺に問いかける。

「土蜘蛛一味って、どれくらいの人数だったんすか」

「よくわからんが、十人くらいはおっただろうな」

「そのうちのひとりが、逃げ遅れたってことか。ずいぶんと、どじな男だったんすね……あ、そうか、善右衛門さんが仕掛けた罠に絡まったんでしたね」

剣之介は笑った。

「ひとりでもお縄にできたのは、まさに善右衛門殿のおかげだ」

称えるように、山辺は善右衛門を見やった。

善右衛門は黙っている。

「で、捕まった奴はどんな男だったんすか」

「その男は、土蜘蛛の右腕だった。それで、そいつの口から土蜘蛛一味の根城、盗んだ金の隠し場所を割らせようとしたんだが、どうにも口の固い男でな。手荒な取り調べもやったんだが、白状しないまま磔になった。とくに出雲屋さんから盗んだ三千両については、盗んでおらん、と白を切りおった」

難渋した、と山辺は苦笑した。

自分の首を手でさすりつつ、善右衛門も語りはじめる。

「ほんと、三千両は痛かったです。痛いというのは、店にとってもそうですが、なによりも御公儀の運上金としておさめようとした二千両がありましたからな。お役に立てず、申しわけなさで、一時は首を括ろうかとも思いました」

「そうなったら、わしも腹を切らねばなりませんでしたぞ」

山辺のほうは腹をさすった。

「ともかく、不幸中の幸いと申しますか、お上のお慈悲をもちまして、運上金は免除していただきました。それに加え、土蜘蛛一味捕縛の功を表彰していただき、それをきっかけに御公儀御用達にもなることができたのです」

災い転じて福となった、と善右衛門は言った。

「土蜘蛛の粂蔵は、たいそう恨んでいるんじゃないんすか」

剣之介が言うと、

「そうかもしれんが、逆恨みだな」

山辺が答えた。

「しかし、十年も経って恨みを晴らしにくるというのも、得心がいきません」

善右衛門は首を傾げた。

「本気ってことはないかな」

剣之介の危惧を、

「もちろん、用心に越したことはありません」

重々しく、善右衛門も受け止めた。

すると、奉公人がやってきて、善右衛門に耳打ちをし、文を差しだした。

さっそく善右衛門は文を開け、目が鋭く凝らされる。

次いで、畳の上に広げられた文を、剣之介が声を出して読みあげた。

「明後日の夜、三千両を頂戴にゆく、土蜘蛛の粂蔵……か」

「明後日だと」

　山辺は声をあげた。

「悪戯ですよ」

　笑い飛ばした善右衛門だったが、その声に張りがない。言葉とは裏腹に、危機感を募らせているようだ。

「いや、悪戯にしては念が入っている」

　ここにきて、山辺も危機感を覚えたようだ。

「おれも、そう思うな」

　剣之介も同調する。

「そうでしょうかな」

　不安そうな善右衛門に、

「警戒を厳重にしないといけませんぞ」

　あたりまえのことを、山辺は真剣な顔つきで言った。

「もちろん、そのつもりです。御奉行所にお願いします」

「わしらも詰めましょう」

　山辺は、勝手に剣之介も巻きこむつもりのようだった。

「いや、それは……」

善右衛門は遠慮したが、

「十年前の因縁は、わしら火盗改も同様です」

山辺はきっぱりと言いきる。

「そうですか。では、お願いいたします」

善右衛門は頭をさげた。

「それにしても、土蜘蛛の条蔵って、すごい自信満々なんすね。堂々と盗みに入るって予告しているんだものな。十年前もそうだったんすか」

剣之介が疑問を投げかけると、

「そんなことはない。わざわざ、どこそこの商家に盗みに入るなんて予告はしなかった。土蜘蛛にかぎらず、そんな大胆不敵な盗人一味などはおらん」

「じゃあ、これは欺瞞かもよ。悪戯じゃあないだろうけど、なにかほかの目的があるのかもしれない」

「それも考えられるが、用心したほうがいい」

「まあ、そりゃそうだけどさ」

「ともかく、手前も用心に用心を重ねます」

善右衛門は、自分に言い聞かせるような様子だ。

「土蜘蛛を騙(かた)っておるのかもしれんな」

そこで山辺が、思いつきを言った。

「どうして、十年前に姿を消した盗人一味を騙るんすか」

納得できない、と剣之介は言いきった。

「だから、あれだ。善右衛門殿が、粂蔵の右腕を捕まえたからだろう。その逸話(いつわ)を利用したのだ」

「でも、十年も経っているんすよ。怖がらせるなら、そんな昔のことより、もっとほかの手もあるでしょう」

「まあ、なにか理由があるんだろう」

山辺も深くは考えていないようだ。

すると、

「おとっつぁん」

と、娘が入ってきた。

三

「お菊、寝ていなさい」

心配そうに、善右衛門が気遣う。

善右衛門が心配したように、寝間着姿のお菊の顔は蒼白で、頬はこけている。

いかにも、病床に臥しているといった風だ。

「おとっつぁん、土蜘蛛という盗人、とっても怖い」

かすれる声で、お菊は肩を震わせた。

「心配ない。おまえの望みどおり、こうして火盗改の同心さまに来ていただいたからな」

善右衛門は、剣之介と山辺を見た。

「どうか、よろしくお願いいたします」

お菊は、剣之介と山辺に深々と頭をさげた。山辺が、心配いらない、とお菊に伝える。

そこへ、別の足音が近づいてきた。

「お菊殿、いけませぬぞ」

という声とともに、若い男が姿を見せる。

儒者髷を結い、黒の十徳姿のすらりとした身体、切れ長の目がいかにも聡明な印象を与えた。

「こちら、医師の緒方伊織先生です」

善右衛門が、剣之介と山辺に紹介した。

挨拶をする剣之介と山辺に、伊織は黙ったまま頭をさげ、静かな笑みをたたえながら、

「お菊殿、薬をお飲みなっておられませぬぞ」

と、忠告した。

「もう、大丈夫ですわ」

拗ねたような物言いで、お菊が返す。

「病は治りかけが肝心なのです。今朝も、お渡しした薬を飲んでおられなかったではありませぬか」

やんわりとだが、伊織はお菊を注意した。

「飲みました」

口を尖らせ、お菊は言った。

「嘘はいけませぬ。わたしは、お菊殿の様子をうかがっておったのです」

寝間から出ると、伊織は縁側の柱の陰で、お菊の様子を見ていたそうだ。お菊はそっと寝間を抜けだし、薬を庭に捨てたのだった。

「お菊……せっかく先生がご用意くださったお薬を……」

善右衛門はお菊を叱ってから、伊織に詫びた。

「わかりました。次からちゃんと飲みます」

言葉とは裏腹に、お菊は不満そうな顔つきで部屋を出ていった。

気になったのか、伊織も続く。

ふたりがいなくなってから、

「とても優秀なお医者さまなのですよ。わざわざ、娘が薬を飲まないことを中されたのは、きっとこれまでもほとんど薬を飲んでいないのでしょう。まったく、困った娘だ」

伊織は、半年前からこの寮に出入りするようになったという。

「娘は病がちで、それなのに薬嫌い、医者嫌いで……なかなか言うことを聞いてくれなかったのですが」

はじめのうちは、伊織の煎じた薬を素直に飲んでいたそうだ。伊織は、苦い薬ばかりでなく、飲みやすいように甘味を添えたりするなど工夫を凝らしてくれたからだ。

それが近頃、飲まなくなったのは、伊織に甘えているのでしょう、と善右衛門は言った。

すると、伊織が戻ってきた。

無事にお菊は薬を飲み、床に臥しました、と善右衛門に報告をする。

「ありがとうございます」

善右衛門は礼を言った。

伊織は、剣之介と山辺をちらっと見ながら、

「お菊殿がとても悩んでおられる、土蜘蛛とか申す盗人一味ですが……」

「我ら火盗改も、全力で土蜘蛛一味をお縄にしますぞ」

「それは、頼もしいかぎりです」

満足そうに、伊織はうなずいた。

善右衛門が笑みを浮かべ、

「先生にもご心配をおかけしました」

「さきほどお菊殿に聞いたのですが、明後日の晩に、土蜘蛛一味が押し入ってくるそうですな」

伊織の問いかけに、善右衛門が眉をひそめる。

「そうなのです。悪戯とは思いますが、本当だとすれば、じつに大胆不敵な奴らでございます。しかし、こうして火盗改の同心さまが詰めてくれますので」

善右衛門の言葉を受け、

「お任せあれ」

山辺は請け負った。

「何人も詰めていただけるのですか」

気になったのか、伊織が尋ねてくる。

「おれたちふたりっすよ」

あっけらかんと、剣之介は答えた。

「おふたり、だけですか」

いかにも心配そうに、伊織がつぶやく。

「いや、火盗改に戻り、よく相談、検討のうえ、加勢を頼むつもりです」

山辺があわてて訂正した。

ところが、

「なに言ってんの、ふたりで十分だよ。奉行所も警戒しているんだしさ、それに、罠だって仕掛けてあるし」

剣之介はあっさりと否定した。

「しかし、土蜘蛛一味が多人数で押し入ってきたなら、一網打尽にはできなくなるではないか」

むっとして山辺は返す。

「そんなに大人数のはずがないさ。日本橋のど真ん中だよ。いくら夜更けだって、大人数だったらばれるさ。堂々と予告しているってことは、こっちが警戒厳重だってことを想定しているんでしょう」

「そうとはかぎらんぞ」

なおも山辺は言い返す。

するとと伊織が、

「なるほど、佐治さまのお考えにも、一理あるような気がします……あ、いや、これは失礼しました。素人が訳知り顔で、生意気なことを言ってしまいました。お気を悪くなさらないでください」

と、山辺に頭をさげた。

「いや、そんなことはかまいませぬがな」

山辺は恐縮した。

「ともかく、厳重に備えます」

ここで、善右衛門はきっぱりと言い放つと、伊織が軽く頭をさげた。

「わたしはなにもできず、すみません」

「先生はどうかお気遣いなく」

次いで伊織は、山辺に向き、

「十年前にも、土蜘蛛一味がこちらに押し入ったそうですな」

「そうなんですよ。あのときは手下をひとり捕えたのですが……あいにくと、そいつは口が固くて、粂蔵一味の隠れ家や盗んだ品の隠し場所を白状しなかったんです。しぶとい奴でした」

しみじみと山辺が返すと、

「そんなことがあったのですか」

伊織は興味を示した。

「その子分は、善右衛門殿が仕掛けた罠に、まんまと引っかかったのですよ」

山辺の賛辞に、善右衛門はうなずく。

「それで、その子分は、なんという名前でしたか」

伊織が聞く。

「それは……」

思いだそうとして、山辺は腕を組んだ。

善右衛門も思案をめぐらしたが、思いだせないようである。

やがて、山辺がぽつりと言った。

「たしか、熊吉(くまきち)でしたな」

「ええっ、熊吉ですか」

疑わしそうに、伊織は問い返した。

「あ、いや、違いますな。粂蔵でした」

「それは親分の名前では」

またも伊織に反論され、

「ああ、そうだった。ええっと三吉(さんきち)……いや、仙吉(せんきち)じゃなくて」

なおも思いだそうともがくが、

「もう、けっこうです」

伊織は呆れたように、冷笑を浮かべた。

「おっさん、物忘れが激しくなったんじゃないの。歳のせいかい」

剣之介がからかうと、

「馬鹿にするな。まだまだ歳ではない」

むきになって、山辺は否定した。

「じゃあ、酒だよ。飲みすぎなんすよ」

「うるさい！　酒が飲めるのは達者な証だ。身も心も、頭も丈夫だ」

恥をかかされ、山辺は顔を真っ赤にした。

剣之介は伊織に向き、

「酒を飲みすぎたら、物覚えも悪くなりますよね」

と、問いかけた。

「さて、それはどうでしょうな。たしかに飲みすぎますと、そのとき、なにがあったのかは忘れることがありますが、素面のときに見聞きしたことまで忘れるのはよほどです。そうなったら、物覚えどころか身体が不自由になり、とてもひとりでは暮らしていけませぬな」

誠実に伊織は答えた。

「ほら、おっさん、飲みすぎるとよいよいになっちゃうぞ」

剣之介は、容赦なく山辺を脅した。

「わしはな、医者の言うことは聞かないんだ」

なおもむきになった山辺に対し、善右衛門が割って入った。

「いや、緒方伊織先生のお言葉はお聞きになられたほうがよいですぞ。先生はまさに名医。先だって流行った蟒蛇薬を、早くからいかがわしいと見抜かれていましたからな」

「そりゃ、たいしたもんだ」

剣之介も賞賛した。自分がかかわった一件だけに、俄然、伊織への関心が深まった。

褒められた伊織は誇ることもなく、

「ともかく、わたしは責任をもって、お菊殿の治療にあたります。完治する日も遠くはないでしょう。いまは、安静を保つことが大事です。ですから、お菊殿にはよけいな心配はかけぬことです。やはり、病が癒されるまでは、寮におられたほうがよろしいですな」

「わかりました。よもやとは思いますが、土蜘蛛の粂蔵一味が押し入っては、被害は防げてもお菊の心に傷を残すでしょうからな」

善右衛門も、お菊が寮で治療することを受け入れた。

「我ら、土蜘蛛一味を捕縛し、お菊殿の憂いをのぞきますぞ」

盗人の名前を失念したことの汚名返上とばかりに、山辺は言いたてた。

「お菊殿のためにも、ぜひともお願いいたします」

伊織も頭をさげた。

剣之介はというと、

「さて、明後日、土蜘蛛の粂蔵、お手並み拝見といこうか」

まるで物見遊山のような物言いで、思わず伊織は失笑を漏らした。

四

その晩、伊織は粂蔵と、小料理屋の奥座敷で酒を酌み交わした。

「火盗改も出雲屋に詰めるそうですよ」

伊織は、出雲屋での経緯を報告した。

「出雲屋にやってきた火盗改のひとりが、十年前の捕縛にかかわったのか。そうか……こりゃ、勘助の仇討ちになるってもんだな」

　にんまりとする粂蔵の一方で、伊織は顔をしかめた。

「どうした、陰気になって……十年の因果を喜べ。出雲屋善右衛門ばかりか、そいつの鼻も明かしてやれるんだぞ。景気のいい面をしろ」

　訝しみながらも、粂蔵は伊織を励ました。

「火盗改の同心、親父の名前を忘れていやがった。拷問までしておきながら、覚えていなかったんだ」

　伊織は唇を噛んだ。

「火盗改にかぎらず、お上なんてのはな、わしら盗人なんざ、人と思っちゃいねえんだよ。虫けら同然だ。虫けらに名前なんざ、ないからな。世間の連中もそうだ。でもな、盗人を虫けら扱いするんなら、虫けらの意地を見せてやろうじゃねえか。土蜘蛛の意地をよ」

　粂蔵は目元を引きしめた。

「そうですね、親分」

　伊織も目に闘志を燃えあがらせた。

　粂蔵は料理をつまみながら、

「で、火盗改も善右衛門も、出雲屋の店を厳重にしているんだな」

「まんまと、こっちの罠にかかりますよ。今度は善右衛門に罠をかけてやる」

伊織は意気込んだ。

「その意気だ。で、寮には三千両はあるんだな」

「一万両近くありますよ」

伊織は破顔した。

「だが、三千両だ。欲をかいちゃいけねえ」

穏やかな口調で粂蔵は諌めた。

「わかっています。わたしはなにも金だけが欲しいわけじゃありません。親父の仇を討ちたいんです」

「おれもそうだ。地獄で待つ勘助に、出雲屋から奪った三千両を土産にしてやりてえ」

粂蔵の言葉に伊織は首肯したが、

「だが、ひとつ気になることがあります」

と、危惧の念を示した。

粂蔵は眉根を寄せた。

「出雲屋にやってきたもうひとり、火盗改の若い同心ですが、侍とは思えない型破りな男です。はぐれ者なのでしょうが、妙に鋭いところがあるんです。面と向かって同席していると、こちらの心中を見透かされているような気がして、なんとも居心地が悪い」

佐治剣之介という名だ、と言い添えた。

「不審がられたのか」

「具体的に、なにか怪しまれたということはないのですが……うまく言えません。得体の知れない不気味さを感じます」

「買い被り(かぶ)ってやつじゃないのかい」

「そうかもしれません……わたしの思いすごしであればいいんですがね」

伊織は首をさすった。

「大仕事を前に、神経が過敏になっているんじゃないのかい。どのみち、火盗改が詰めるのは出雲屋の店だ。わしらが盗み入るのは寮、出くわすことはねえ」

「そうですね。わたしの思いすごしでしょう」

「気を高ぶらせるのはいいが、肝心なときに身体が動かないじゃ、どうしようもないからな」

粂蔵は、酒は一合でやめておく、と言った。

「わたしもそうします」

伊織も酒を止め、女将に飯を頼んだ。女将は松茸飯をこさえると言った。

「そりゃ、いいですね」

目尻をさげた伊織に、粂蔵は腹をさすった。

「たくさん食べな。わしは、腹八分目にしておかないと身体が鈍くなるからな」

「お頭、医者として言いますが、まだまだお元気ですよ。十歳はお若い」

伊織に誉められ、

「名医のお墨付きが出たな。よし、腹いっぱい食べるか」

粂蔵は箸を取った。

五

土蜘蛛の粂蔵が盗みを予告した晩を迎えた。

出雲屋には、剣之介と山辺が詰めている。店の周囲では、南町奉行所が夜まわりを続け、金蔵の中に、剣之介と山辺が陣取った。

隙間風は肌寒く、

「こりゃ、熱いので一杯やりたくなるな」

山辺は身体をぶるっとさせた。吐く息が白く流れ消える。

火鉢が用意されているが、とても寒さ凌ぎにはならない。

金蔵には千両箱が積んであるものの、中味は　いずれも銅銭だ。土蜘蛛一味にかぎらず、盗人に押し入られたとしても、被害が最小限で凌げるように対策がなされているのだ。

明かりとりの窓から、月明かりが差しこんでいる。このため、土蔵の中はほの白く、柱の影が落ちている。山辺は、火鉢の上で手をこすりあわせた。

「まったく、こんな寒い夜に働かなきゃならないって、おっさんと一緒だと貧乏くじばっかり引かされるよなあ」

露骨に剣之介が不満を漏らすと、

「火盗改の役目だ」

大真面目に、山辺は返す。

「みんなさ、火付けに備えて自分の持ち分をまわるって言っていたけど、要するに南町と一緒に仕事をしたくないいんじゃないの」

ずけずけと剣之介は言った。

実際、火盗改と町奉行所は、縄張り意識が強い。火盗改の本音を指摘され、山辺は苦い顔をした。

「ま、それはいいや。で、こんなところに、土蜘蛛一味は本当に盗みに入ってくるのかな」

剣之介は疑問を投げかけた。

「そりゃ、絶対に盗みに入る……とは言いきれぬが、わざわざ予告してきておるのだ。なんらかの動きを見せるに違いない」

「なんらかの動きって……」

剣之介に突っこまれるが、山辺は答えられない。

すると、引き戸が開いた。

女中が、お盆に握り飯と熱いお茶を持ってきた。

「こりゃ、ありがたいな。本当は熱燗がいいが、そうもいかぬ」

山辺は目を細め、さらに糸のようにしながら、美味そうに握り飯を頬張った。

「あんまり食べると、動けなくなるっすよ」

剣之介が注意すると、

「腹が減っては戦はできぬ、だ」

言いわけをして、山辺は大ぶりの握り飯を食べ終えた。

そこへ、

「お疲れさまでございます」

と、善右衛門が顔を見せた。

「警戒厳重ですね」

剣之介が言うと、

「なにしろ、因縁の土蜘蛛一味ですからな」

善右衛門は答えた。

「金蔵には銭しか置いていないんでしょう。盗みに入られたとしても、たいした被害じゃありませんよ。出雲屋さんは、大金持ちなんだからさ」

剣之介らしい、遠慮会釈もない物言いである。善右衛門は苦笑しながら、

「だからといって警固を手薄にしますと、土蜘蛛一味は怪しみますからな」

「予告しておいて、ろくな警固がされていないと気づけば、ここには金はない、と見抜きますわな」

山辺は、善右衛門の深謀遠慮に感心した。

「そういうことっすか。ということは、土蜘蛛一味はここに大金があるのか、見定めるために予告したのかもしれないっすね」

剣之介の考えに、

「そうか……なるほど、そうも考えられますな」

善右衛門は納得したようにうなずいた。

「ともかく、土蜘蛛一味に油断してはならん」

山辺が気を引きしめた。

「それにしても、十年前の恨みをいまになって晴らすっていうのは、なんともしつこいね」

剣之介の言葉に、山辺もうなずく。

「たしかに執念深いな」

「勘弁願いたいです」

狙われた当人の善右衛門がぼやいた。

「それと、気になったんすよ」

ふと剣之介は、善右衛門に向いた。

「なんでございますか」

「今度こそ三千両を奪ってやる……って、どういうことっすかね」

剣之介は脅迫文の内容を持ちだした。

善右衛門が答える前に、

「そら、三千両を盗み取ってやろうっていう強い意思なんだろう」

山辺は答えた。いかにも山辺らしい、安易な回答である。

「どうして、今度こそ、なんすかね。だって、十年前にも盗んだんでしょう」

剣之介は山辺を無視して、善右衛門に聞いた。

「そうです」

善右衛門は神妙に答えた。

「今度こそっていうのは、十年前は奪えなかった、盗みに失敗したってことじゃないんすかね」

不思議そうに、剣之介は問いを重ねた。

「そうも受け取れますが……たしかに金は盗まれたし、盗人の考えていることなど手前にはわかりません」

善右衛門は曖昧(あいまい)に言葉を濁(にご)した。

なおも剣之介は、疑問を投げかける。

「それに、どうしてわざわざ三千両って、具体的な金額を脅迫文に入れたんすかね。いくら盗もうが、それこそ勝手じゃないっすか。盗人なんですからね。いくらでも盗めるだけ盗めばいいじゃないの」

「それはそうですが……」

土蜘蛛一味の考えていることは、手前にもわかりません、と善右衛門は繰り返した。

「三千両という金に、なにかのこだわりがあるのかもしれんな」

山辺が興味を示すと、

「きっとあるっすよ」

剣之介は断じた。

ところで、とそこで山辺は話題を変えた。

「ここにはいかほどありますか」

蔵の中を見まわした。

「ざっと、千両ですな」

善右衛門の答えに、

「銭だけとはいえ、塵(ちり)も積もれば……と申したら失礼ですが、大金ですな」

山辺はため息を漏らした。


出雲屋の寮である。

寝間で、伊織はお菊と話していた。

「今頃、土蜘蛛一味がお店に押し入っているのではないでしょうか」

お菊は心配そうな顔である。

「お菊殿、お店の心配はなさいますな。心配はいりません。御奉行所や火盗改のみなさんが守ってくださっておりますよ」

「ですが、わざわざ盗みに入ると予告しているのです。土蜘蛛の一味は、よほど自信があるのではありませんか」

依然として、顔を曇らせたままである。

「強がっているのかもしれませんよ。盗人特有の脅しなのかもしれません」

落ち着かせるように、伊織は言った。

「そうでしょうか。わたしは嫌な予感がします」

「お菊殿、そんなに心配なさっては身体に障りますぞ」

そう言いつつ、伊織は薬を煎じた。

「さあ、飲みなされ」

湯呑に入れた湯と、紙袋に入った丸薬を、お菊に手渡した。

今回、お菊は素直に薬を口に含んだ。

「さあ、お休みになられよ」

寝床に入るよう勧め、お菊が布団に身を横たえてから、伊織は寝間を出た。

女中たちや奉公人たちは寝静まっている。

冷たい風に吹きすさびながらも、いまの伊織の気持ちは燃えたち、寒さを感じなかった。

母屋を出ると、裏手にまわった。

周囲に誰もいないのを確かめると、

「お頭」

と、夜陰に呼ばわった。

「おおっ」

粂蔵が出てきた。

黒装束である。

「十年ぶりだぜ。これを着るのもな」

粂蔵は笑った。

「よく似合っていますよ」

「すっかり足腰が衰えた。情けないことにな、店からここまで十町ほどだが、そんだけ走っただけで息があがったぜ」

ほぐすように、粂蔵は手足を動かした。

「なに、今回は火盗改に追われることもありませんよ」

「違いねえ」

すぐに粂蔵と伊織は、金がおさめてある物置小屋へと向かった。

小屋の周囲には、依然としてひとけはない。

「善右衛門の奴、姑息にも、こんなところに金を隠しておるのです」

吐き捨てるように、伊織は言った。

「こういうところは知恵がまわるようだぜ」

粂蔵も善右衛門をくさした。

「狡猾な奴ですよ」

そう言いあいながら、ふたりは物置小屋に入った。

「お頭、罠に用心してください。取りのぞいておきましたが、念のためです」

「わかった」

粂蔵は目を凝らし、忍び足で進む。

小屋の中の筵を、伊織がはがした。

千両箱が積んであった。蓋を開けると、月光を受けて、小判の山吹色が輝きを放った。ふたりとも笑みがこぼれた。

千両箱をそれぞれが担ぎ、表に出る。

用意していた大八車に、千両箱を置く。

伊織が小屋に引き返し、もうひとつ千両箱を持ってきて、それも大八車に並べて筵をかけた。

「よし、大丈夫だ。あとは任せな」

粂蔵が、質屋に運び入れる、と言った。

「お気をつけて」

伊織は一礼した。

六

結局、朝になっても、土蜘蛛の粂蔵も手下も押し入ってはこなかった。

剣之介は釈然（しゃくぜん）としない表情のまま、夜明けを迎えた。

山辺は柱にもたれかかって、船を漕（こ）いでいた。

「おっさん」

剣之介が肩を揺すると、

「土蜘蛛か」

山辺は寝ぼけた声で目を開いた。

細い目をしょぼしょぼとさせ、朝日を眩（まぶ）しそうに見あげる。

「現れなかったよ」

剣之介は言った。

「なんだ……」

狐（きつね）に鼻をつままれたような気分だ、と山辺はあくび混じりに言った。

「結局、悪戯だったのかな」

剣之介の言葉に、

「そうかもしれんな」

山辺はうなずいた。

「人騒がせな奴だ……といっても、何者なのかわからないけどな」

剣之介は笑った。

「世の中には、人の迷惑を考えずにおもしろがる輩がいるもんだ」

訳知り顔で山辺は言うと腰をあげ、銭函に異常はないかを確かめた。

「たしかに盗まれておらんな」

「さて、どうするか」

剣之介は大きく伸びをした。

「安心したら、腹が減ったな。善右衛門殿のことだ。朝餉を用意してくれるだろう」

熱い味噌汁が飲みたいな、と山辺が手をこすりあわせる。

果たして、善右衛門がやってきて、

「どうも、お疲れさまでした。朝餉の支度がしてありますので、居間へお越しください」

と、言ってくれた。

「これは、すみません な」

予想が当たり、山辺は満面の笑みを浮かべた。


善右衛門も、剣之介と山辺と一緒に朝餉を食した。

豆腐の味噌汁に胡瓜の漬物、めざしである。炊きたての白米が徹夜明けの身体にはありがたい。

「やはり悪戯だったのでしょうか」

善右衛門の質問に、山辺は短く答えた。

「悪戯でしょうな」

「それにしては、手がこんでいるっすね」

剣之介が異論をはさむと、

「それはそうだが」

山辺は口ごもった。

「ま、ともかく無事であったことを喜ぶとします」

ようやく、善右衛門が安堵の笑みを浮かべたところで、奉公人が文を届けにきた。

「土蜘蛛……いや、土蜘蛛を騙る者からですか」

山辺が問いかけると、

「そうかもしれませんな」

善右衛門は緊張を漂わせ、文を開いた。

そして、一瞬にして目が凝らされた。

「三千両、奪った、とあります」

善右衛門は文を畳に置いた。

「これまでと字は同じですね」

剣之介が言ったように、かな釘文字で、同一人物の筆遣いと思われた。

「とんだ法螺(ほら)だ。土蜘蛛め、法螺吹きだったとはな」

笑い飛ばす山辺の横で、善右衛門は真剣な顔つきである。

「どうしたんすか」

剣之介の問いにも答えず、

「もしかして……」

途端に、善右衛門はそわそわとしだした。

次いで、

「寮かも」

と、言い添える。

「いかがしたのござる」

「寮に金を置いてあるのです」

答えてから、善右衛門の顔がさっと白くなりはじめた。

「ただちに向かいます」

「ならば、我らも」

山辺の言葉とともに、剣之介もさっと立ちあがった。


一時後、深川木場近くの寮へとやってきた。

善右衛門は母屋には向かわず、一路、裏手にある物置小屋へと向かう。剣之介と山辺も、善右衛門に続いた。

物置小屋の引き戸が開かれ、日輪(にちりん)が差しこみ、白く光る。大工道具や野良仕事の道具があり、筵が重ねてあった。

やおら善右衛門は、筵をひっぺがした。

千両箱が積んであった。

それらをさっと数え、それから、

「……千両箱が三つ、つまり三千両、なくなっています」

善右衛門は驚愕(きょうがく)の眼(まなこ)で訴えた。

「まことですか」

山辺が口を半開きにする。

「やられました」

膝(ひざ)からくずれた善右衛門の横で、山辺も天を仰(あお)いで絶句した。

ただひとり、剣之介は何度かうなずきつつ、

「ここに千両箱が隠してあるのは、誰もが知っていたわけじゃないでしょう」

「ええ、店の者にも言っておりません」

善右衛門は力なく答えた。

「土蜘蛛の粂蔵、よく調べあげたものだな」

妙なところで、山辺が感心した。

「感心している場合じゃないでしょう」

「そ、そりゃ、そうだがな」

「しかし、どうして三千両だったんすかね。ここには……」

剣之介も千両箱を数えた。七つある。ということは、一万両もの大金があったのだ。そのなかから三千両だけ盗みだすというのは、いかにもおかしい。

「千両箱は重いぞ」

うっ、と呻いてから、山辺はひとつを持ちあげた。

途端によろめき、丁寧にもとの位置に戻す。

「まあ、力持ちでも、ふたつを両肩に担ぐのが精一杯だろう。おまけに、盗んで走らなきゃいけないからな」

「そうでもないんじゃないの」

剣之介は言うと、物置小屋の外に出た。

「これを見てくださいよ」

剣之介がしゃがみこむと、山辺と善右衛門もともに地べたを見る。凍土にくっきりと、車輪の痕、それに足跡が刻まれている。

「轍だね。土蜘蛛の粂蔵は、大八車を用意したんだ」

「なるほどな」

「つまりさ、大八車に積めば、十箱くらい持ち去ることができるんすよ。それなのに、三千両しか盗まなかったって。土蜘蛛の粂蔵って、ずいぶんと遠慮深い盗人なんですね」

おかしそうに剣之介は言った。

「そうだな」

山辺も首を捻(ひね)る。

「おかしいっすよね」

次いで剣之介は、善右衛門のほうを向いて確かめた。

「たしかに」

善右衛門は口ごもった。

「土蜘蛛の粂蔵が三千両にこだわることに、なにか心当たりがあるんじゃないんすか」

「いや……」

「善右衛門さん、本当のことを言ってくださいよ」

口調はやわらかだが、剣之介は有無(うむ)を言わさない顔つきとなった。目を尖らせ、喧嘩(けんか)慣れした物腰である。

善右衛門は気圧(けお)されたように、後ずさりした。

「今度こそ三千両を頂戴する……おかしい文句ですよ。素直に受け止めれば、以前は失敗した、三千両を奪い損ねた、だから、今度こそ三千両を奪ってやるっていう意味に取るんじゃないかな」

剣之介の考えに、善右衛門は言葉を閉ざしたままだ。

「そう考えればさ、十年前の恨みを晴らすっていうのもよくわかる。右腕と頼んでいた子分を捕まえた恨みは深いだろうけど、十年も恨み続けるっていうのは、よっぽどの恨みさ」

剣之介は迫った。

善右衛門は小さくため息を吐き、

「おっしゃるとおりです。手前は、大きな偽りをしておりました」

十年前、土蜘蛛の粂蔵一味に盗みに入られたとき、幕府への運上金を払いたくないため、三千両を奪われたと嘘の証言をした……。

思わぬ善右衛門の告白に、

「なるほどね」

剣之介はうなずき、山辺は苦い顔をした。

七

うなだれる善右衛門に、

「土蜘蛛の粂蔵一味の恨みの深さがわかったたっすね。十年経とうが、恨みを忘れるどころか、いまこそ晴らしてやろうって動きだしたってわけだ」

確かめるように、剣之介は言葉を重ねた。

善右衛門は口を閉ざした。十年前の偽証に、いまさらになって自責の念に駆られているようだ。

剣之介は、山辺に問いかけた。

「それにしても、土蜘蛛の粂蔵一味は、千両箱がここにあることをどうして知ったんだろうね」

「そりゃ、入念に調べたんだよ」

答えになっていない。

山辺から善右衛門に視線を移し、

「千両箱を寮に移したのは、いつからですか」

「半年前ですな」

「なにか、きっかけがあったんすか」

「お菊の勧めです」

「娘さんの……娘さん、盗みに入られるって心配したんすか」

剣之介が首を捻ると、

「いえ、火事です。火事の用心に、と。ああ、そうそう、伊織先生に忠告されたとか」

伊織は火事に遭った大店の主人の回診をしたことがあり、財産を一箇所にまとめておくのは不用心だ、と教えてくれたのだそうだ。

「すると、伊織先生はここに三千両があるのを、知っていたってわけだ」

思わせぶりに剣之介はにんまりした。

「まさか……」

善右衛門の両目が、大きく見開かれた。

その日の夕暮れ、剣之介は永代寺の裏手にある小料理屋へとやってきた。

店内を見まわし、

「いま入ってきたお医者は、どこっすか」

と、女将に問いかけた。

お菊の診療を終えた伊織を、尾行してきたのである。

「伊織先生でしたら……」

女将の答えを聞き終えるまでもなく、剣之介は視線の先にある奥座敷に向かった。

閉ざされた襖の前で、空咳をひとつしてから、

「伊織先生、入りますよ」

と、形ばかりの断りを入れ、襖を開けた。

伊織と初老の男が酒を飲んでいた。

伊織の到着を待っていたようで、料理はまだだった。

「おお、これは……佐治殿……どうしてここに」

戸惑い気味に、伊織は問いかけた。

勝手気ままに、剣之介は座敷にあがり、けろっと答える。

「なに、出雲屋さんの寮から、先生をつけてきたんすよ」

「つけた……」

途端に、伊織の顔が強張った。

「どうしてか知りたいでしょう」

人を食ったような物言いで、伊織に問いかけてから、

「あんた、土蜘蛛の粂蔵さんでしょう」

と、剣之介は初老の男に視線を向けた。

「ご冗談を……」

粂蔵は笑い声をあげた。

「おっと、名乗るのが遅くなったね。おれ、火盗改の佐治剣之介っす。ひょっとして、伊織先生から聞いているんじゃないの」

「火盗改さまですか」

いかにもとぼけた顔で、粂蔵はつぶやいた。

「佐治殿、なぜ、わたしを尾行なさったのですか」

伊織に問われ、

「決まっているでしょう。先生と粂蔵さんで、出雲屋さんの寮から三千両を奪ったからですよ。おれ、これでも火盗改だからさ。盗人を捕まえるのが仕事なんでね」

まるで酒のうえでの四方山話のような調子で、剣之介は言った。

「これは、なにを証にそのようなご冗談を」

余裕を見せようとしてか、伊織は口元に笑みをたたえた。

「冗談に証はいらないっすよ。で、これは冗談じゃないから、証を示しますよ。お菊ちゃんです」

剣之介は真顔になった。

「お菊殿がいかがされたのですか」

伊織の目が彷徨った。

「お菊ちゃん、昨晩、先生が寮の物置小屋に入っていくのを見たんですよ」

「そんな馬鹿な……」

「そんな馬鹿なって……昨晩は眠り薬を飲ませたからっすか……」

剣之介は問いつめるように、半身を乗りだした。

両目を見開き、伊織は口を閉ざした。しめた！　伊織は動揺した。よし、鎌をかけてやろう……と剣之介は思った。

「お菊ちゃん、先生の言いつけに背いて、薬を飲まなかったそうですよ。寝間を先生が出ていってから、口に含んでいた薬を庭に吐きだしたんだって」

「………」

伊織は天を仰いだ。

「先生がこそこそと裏のほうに行くのを見て、気になって追いかけたそうだよ」

乾いた口調で、剣之介は話を締めくくった。

ため息を吐くと、伊織は剣之介に向き直り、口を開こうとした。

すると、

「わしだ。わしがこいつを巻きこんだんだ」

粂蔵が口をはさんだ。

伊織は口を半開きにしたまま、粂蔵を見返した。

そのとき、襖が開いた。

山辺が立っていた。

「火盗改の旦那(だんな)ですね。十年前、出雲屋でお見かけしました」

そう言い残し、粂蔵は神妙にお縄についた。


十日後、鎌倉河岸の縄暖簾で、剣之介と山辺は酒を酌み交わしていた。寒さひとしおとなり、熱燗がいちだんと美味い。

珍しく山辺から、奢るので付き合え、と誘われたのだ。

土蜘蛛の粂蔵をお縄にし、山辺は火盗改頭取・長谷川平蔵から感状と褒美五両を下賜されたのだ。

それにもかかわらず、今夜の山辺は元気がない。出雲屋の盗みは自分の仕業で、伊織は無理やり手伝わせたのだと、粂蔵は主張したまま打ち首に処せられた。

「粂蔵は、質入れにきた伊織と知りあい、出雲屋に出入りしていると知った。よぶんに貸し付けていたこともあって、脅しつけて仲間に引きこんだらしい……そんなことを、粂蔵は白状したんだがな……実際、三千両はすべて粂蔵の質屋にあった。伊織は一両も持っていなかった」

結局、粂蔵の自白は認められた。

伊織は脅されたとはいえ、盗みを手伝ったことを咎められ、五十叩きで解き放たれた。

その後、伊織は緒方家を継がず、小石川養生所に勤務する道を選んだ。

出雲屋善右衛門は、十年前の偽証と運上金逃れにより、公儀御用達を解かれた。

当の善右衛門は、それだけでは罪は償えないと、戻ってきた三千両にさらに三千両を加えて、小石川養生所に寄付をしたという。

善右衛門はお菊に、伊織は養生所に勤めるため、往診できなくなったと話した。お菊がちゃんと薬を飲めば、いつか診てくれるとも言い添えたという。

「おっさん、陰気な顔をしなさんな。十年、追いかけた土蜘蛛の粂蔵を、お縄にしたんじゃないか」

剣之介は熱燗のお替わりをした。

「十年、追いかけていたわけではないがな……」

大きくため息を吐いた山辺だったが、やがて熱燗が運ばれてくると満面の笑みとなり、

「今夜はとことん飲むぞ」

と、ようやく意気軒高(けんこう)となった。

第四話　紅蓮の吹雪

一

佐治剣之介は、父親の音次郎から取り立てを頼まれた。霜月の三日、寒さが募り、朝の往来は暦どおりに霜がおりている。

上野の御徒大縄地に軒を連ねる、徒組の者たちが住まう屋敷のひとつが、佐治家の屋敷である。百坪の敷地、冠木門を備えた屋敷ばかりとあって、入居した当初は迷ったものだ。

剣之介は母屋の居間で、音次郎と対している。

還暦を過ぎ、髪は白くなって皺も増えたが肌艶はよく、息子同様に目つきは鋭い。

「取り立てっていくらだよ」

「五百両近い……」

答えた音次郎は覇気がない。五百両もの焦げつきとあって、さすがに気を落としているのだろう。火鉢にもたれかかるようにして座っていた。

「五百両か……ずいぶん溜めているんだな。何者だい。どっかの旗本か」

剣之介の問いかけに、

「それがな……」

音次郎は言いづらそうに顎を掻き、次いで舌打ちをした。

「どうしたんだ。うじうじとしてたって、五百両は戻ってこないぜ。親父らしくもない」

励ましのつもりで剣之介は言った。

音次郎は肩をそびやかし、

「浅間講だ。だから、取り立ては無理に近い。やはり、おまえには頼まん」

諦め顔で言った。

「浅間講……親父、浅間講にかかわっていたのかい」

剣之介は返した。

浅間講とは上野、信濃両国に跨る浅間山を信仰する一党である。

浅間山は天明三年（一七八三）の七月に大噴火をし、周辺一帯に甚大な損害をもたらした。上野国では千五百人を超す死者を数え、江戸も火山灰が一寸以上降り積もった。

被害を受けた地域の復旧は進んでいるとは言え、いまだ立ち直っていない村も珍しくはない。

浅間山噴火によって領内が荒れ果てた上野国下仁田藩・清瀬出羽守久恒は、領民の救済をおこなうどころか、過酷な年貢を取り立て、一揆が多発した。

幕府は、一揆鎮圧とともに、清瀬久恒の暴政を咎めて改易に処した。

浅間講は、その清瀬家の家臣たちがはじめた。

富士講と同様の、山岳信仰である。清瀬家の家臣たちは浅間山を信仰し、噴火は山の神のお怒り……二度と神が怒らぬよう、浅間山を拝むための組織、つまり講を作ったのだった。

ところが、浅間講の目的は浅間山信仰だけにはとどまらず、埋蔵金を掘りあてることにあった。

噴火の際、火山灰や土石流で、清瀬家の蔵屋敷が埋没してしまった。

清瀬家には隠し金山があり、大量の金を蔵屋敷に秘匿していたのだ、という噂が、まことしやかにささやかれていた。

その埋蔵金を探しあてるのが、つまりは浅間講である。

その埋蔵金は、一説によると十万両にものぼるという。

清瀬浪人たちは、埋蔵金を掘りあてたなら一部を幕府に献上し、一部をいまだ復旧が進まない旧下仁田藩領の村々に寄贈する、と公言している。彼らは三年前から埋蔵金発掘をおこなっており、発掘費用を募っていた。

浅間講の使いである御師たちは、ひと口一両の資金出資者を探して、江戸市中をまわっている。小銭を持った町人たちが、ひと口、ふた口、と小口の出資者となり、百口以上の大口出資者には、大店の商人や僧侶、旗本などが多かった。

一年に二度、正月とお盆には、出資金の一割を利子として配当し、埋蔵金発掘の暁には、倍額を支払うと約束している。

そんなうまい話などあるものか、と疑う者も多いが、それでも欲をかく者はいるもので、いまや出資金は数千両、いや、一万両も集まったと言われている。

ほかにも浅間講には、もっともらしい噂があった。

読売が好き勝手に書きたてたのだが、幕府が下仁田藩清瀬家を改易にしたのは、清瀬家の隠し金山と埋蔵金を手に入れようという魂胆あってのことだった、というのだ。この無責任な読売の記事が、浅間講の埋蔵金発掘に信憑性を持たせ、欲深い者たちが出資金を出していたのだ。

「親父、浅間講に出資したのかい」

呆れながら剣之介がもう一度確かめると、

「ああ、したぞ」

開き直ったように、音次郎は剣之介を見返した。

「いくら……ああ、そうだった。五百両だったね」

「三年前、道楽半分に百口乗った。埋蔵金には夢があってよいとな。わしらしくないと言いたいだろうが……わしだってな、算盤づくではない金儲けがしたいときがあるのじゃ。半年で一割の配当だ。百両が半年で百十両、そのまま据え置けば、年で百二十一両だ、悪くはない」

夢とか算盤づくではないとか言いながら、結局、音次郎はしっかりと算盤を弾き、儲かると見て出資したのだ。

「わしは、配当の一割をもらって、一年で出資金は引きあげるつもりだった」

ところが一年後、御師は浅間山と清瀬家の旧領の絵図面を広げ、埋蔵金の所在がわかったと興奮気味に語った。

近々にも、大掛かりな発掘をはじめるという。

「すぐに掘りあてるため、大勢の坑夫を雇う。そのための金がいるから、しばらく百両は預けておいてくれ、と言われたんじゃ」

苦渋の顔となって、音次郎は語った。

「そんな言葉、よく信じたね。親父らしくもない」

剣之介の揶揄に、

「なにも鵜呑みにしたんじゃない。義助に調べさせた」

義助は江戸市中の口入れ屋をまわり、たしかに浅間講が坑夫を募っているのを確かめたのだそうだ。その結果、百両と配当の二十一両に加えて、二百両を預けた。

翌年、二百両と配当の四十三両を受け取ろうとした。すると、埋蔵金発掘は難航しており、もう少し日数を要するが間違いなく発掘できるという口車に乗り、二百四十三両に加え、二百五十両を積み増した。

結果、四百九十三両を浅間講に預けた。三年が経過し、埋蔵金の発掘ができないことに業を煮やし、音次郎は出資金を引きあげることを決意した。

いま義助を、浅間講のもとへ向かわせているのだが……。

「こりゃ、まんまと引っかかったんじゃないのか」

剣之介に言われなくても、音次郎とてそう疑っているようだ。

「五百両近い金だぞ」

音次郎は天を仰ぎ絶句した。

そこへ、義助が戻ってきた。

「どうだった」

かすかな望みを託し、音次郎は義助に問いかけた。

「夜逃げですよ」

無情にも、義助は告げた。

浅間講の拠点は、根津権現の裏手にある。御師たちはそこを拠点に、出資者を募る活動をしていた。月に一度、出資者のうち希望者には、発掘状況の説明と浅間山の神への信心をおこなっていたのだそうだ。

「ごっそりと出資金を集めて、とんずらしたってことか。絵に描いたような詐欺だな」

剣之介は声をあげて笑った。

「ああ……やられたか……」

肩を落とし、音次郎は大きくため息を吐いた。いつもは鋭い眼光が光を失い、急に老けたようだ。

「ほんと、世の中にはひでえ野郎がいるもんですよ」

という義助の言葉が癇に障ったようで、

「おまえ、取り立ててこい」

険しい顔で音次郎は命じた。

「そんなこと言われましても……」

途方に暮れたように義助は返した。

「取り立ては、おまえの仕事だろう」

音次郎は、自分の過ちと大金を騙し取られた悔しさを、義助にぶつけているようだ。

「そりゃ、そうですけど……」

義助は声をしぼませた。

剣之介が、

「おれも行ってやるよ」

と、割りこんだのを助け舟と受け取ったのか、

「ありがてえ、若旦那、よろしくお願いいたしますよ」

義助は明るい表情となった。

いつになく音次郎も、期待のこもった目を剣之介に向けてきた。

「言っとくけど、逃げた浅間講を捕まえて金を取り戻す……なんて約束はしないぞ」

剣之介は釘を刺した。

「わかっておる」

音次郎は悔しそうに唇を嚙んだ。

二

義助の案内で、剣之介は根津権現裏にやってきた。

「ええっと、陣屋はですね」

鉛色の空の下、こんもりと茂った竹藪を義助は指差した。寒風に木々の枝が寂しげに揺れている。

浅間講は江戸での拠点を、陣屋と呼んでいるそうだ。

竹藪を抜けると、目の前が陣屋だと言った。

ふたりは、竹藪に足を踏み入れた。

「蝮に気をつけてくださいよ」

義助に言われるまでもなく、冬眠を妨げられた蝮は凶暴だ。枯れ葉を踏みしめ、蝮に用心しながら竹藪を通り抜けた。

周囲を生垣がめぐった屋敷がある。

木戸門代わりに鳥居がかまえられ、屋敷内は玉砂利が敷かれていた。講堂、会所、御師たちの寄宿所といった建屋のほかに、土や石で造られた浅間山がある。富士講における人造富士である富士塚同様、浅間塚と呼ばれているそうだ。

人造と言っても、高さ十間（約十八メートル）ほどもあり、小高い丘のようだ。頂きまでのぼることができるよう、塚を周遊する参道が見られる。参道の出入り口には、鳥居が設けてあった。

屋敷内には、数多の男女が押し寄せている。

浅間講の出資者たちだろう。

講堂の前には高札が掲げられており、浅間講は解散する、と記してある。出資金の返還については、後日報せると書き添えてあった。

屋敷内には、浅間講の御師や関係者の姿はない。

「金を返せ」

「よくも騙したな」

押しかけた人々から、怒声があがっていた。

「このありさまですよ」

義助はお手あげだと言った。

「ここの責任者は誰だい」

講堂を見ながら、剣之介は問いかけた。

「御師頭の大前源道（おおまえげんどう）という御仁（ごじん）ですって」

義助は答えた。

「清瀬家に仕えていたんだろう」

「そのようですね」

「本人に会ったことはあるのか」

「旦那の言いつけで、月に一度の浅間塚参拝を兼ねた、埋蔵金発掘の説明を聞きにきましたから、お話も聞いたことがありますよ」

義助は浅間塚を見あげた。

剣之介と義助は、浅間塚に向かった。

さっさと鳥居をくぐった剣之介に対し、義助は柏手を打ってから足を踏み入れた。一尺ほどの道幅の参道は枕木が備えられ、ゆるやかに頂きへと向かっていた。剣之介は足取りも軽やかに駆けあがる。義助は足をもつれさせながら、ときどき立ち止まって、息を継ぎながらのぼった。

やがて、ふたりは頂きに立った。頂きは十畳ほどの広さで、真ん中には祠があった。頂きは地面が凍っていて、踏みしめると「きゅっきゅっ」と鳴った。

「まさか、噴火するんじゃありませんよね」

義助はおっかなびっくりに言った。

「するわけないだろう。人が造った山だぞ」

剣之介は周囲を見まわした。

眺めはいいが、なにしろ厳寒のみぎりとあって強い寒風に吹きさらされ、景色を味わう気にはなれなかった。

「大前の行方、なんでもいいから手掛かりはないか」

剣之介の問いかけに、

「わからないですよ。さっぱりです」

義助が返す。

「そりゃそうだろうな。わかっていればみんな押しかけるものな」

剣之介は、出資者の群れを見おろした。

「若旦那、こりゃ、金は返ってきませんよ」

義助はため息を吐いた。

「大前源道という男は、清瀬家中でなにをやっていたんだ」

「勘定奉行だったそうですけど、それも怪しいですよね」

「そもそも清瀬家に仕えていたのかどうかも、疑わしいな」

「それが、そうでもないみたいですよ。いや、これも噂ですから、信じられないかもしれませんがね、あたしは信じているんですよ」

義助が言うには、大前源道は清瀬家の忍びを束ねていたのだという。

「へ～え、忍者か。そりゃ、おもしろいな」

俄然、興味が湧いてきた。

同時に疑問も抱き、

「おまえ、どうして大前が忍者かもしれないって信じたんだ」

「たまたまですけどね、見たんですよ」

講堂の裏手で、大前が御師たちに手裏剣を投げる稽古をさせていたそうだ。

「棒手裏剣もあれば、卍手裏剣も投げていましたよ。で、大前がお手本を示したんですがね、そりゃ、もう百発百中でしたよ」

十間離れた藁人形に向けて手裏剣を投げ、百発百中であったという。

「なるほどね、そりゃ、すごいや」

剣之介は嬉しそうに笑みを浮かべた。

「若旦那、大前源道と喧嘩したくなったんじゃありませんか」

「ああ、そうだな。で、ほかにも忍者らしいことをやっていたのかい」

「そうですね……この山を、すごい速さでのぼったり、くだったりしていましたよ」

義助は頂きを踏みしめた。

「ここを、忍者の技の調練場にしていたということか」

剣之介はうなずいた。

「そのようなんですよ」

背中を丸め、義助は、寒い、と震えた。

「どうして、忍者の技を鍛えているんだろうな」

「とんずらするためじゃないですかね」

さして考えもせずに、義助は答えた。

「逃げるのに、忍者の技を使うのかい」

剣之介は笑った。

「とんでもない金を集めたんでしょうからね。金を守るため、忍者の技を使うんじゃないですか。言うでしょう。三十六計、逃げるに如かずって」

得意そうに義助は言ったが、少々ずれている。逃げるに如かずは困ったときの策であり、大前源道は窮して姿をくらましたわけではない。

「大前たちは、忍術で逃げる稽古をしていたって言うのかい」

「そうなんじゃありませんか」

「違うとは言いきれないが、逃げるだけのために、わざわざ忍者の技を磨くものかな。奴らがどれくらいの金を集めたのか知らないが……まあ、親父のように五百両近く、あるいは千両も預けている者がいたかもしれない。噂どおり、ざっと一万両を集めたとしてもだ。千両箱が十個。大八車に乗せれば、運ぶのは容易だろう」

剣之介の考えを受け、

「たしかに忍術……木の葉隠れの術とか水遁の術、分身の術とかは、逃げるのにいりませんよね」

苦笑しつつ義助も納得した。

「ならば、忍術の稽古をしていたっていうのは、どういうことだろうな。侍が剣術や槍術を稽古するように、忍びの者としてのたしなみで忍術の稽古をしているのか……そんなわけないよな」

「忍者の考えていることはわかりませんよ」

「下仁田藩の清瀬家は、外様で三万石の陣屋大名だったな」

陣屋大名は石高が小さく、城をかまえることが許されない。五万石以上が、城持ち大名である。

「そんな小さな大名でも、忍びを充実させていたのかな。まあ、弱小ゆえ、忍者を鍛えていたのかもしれないけど……」

剣之介の疑問に、

「真田幸村は、忍者をたくさん使っていたそうですよ。真田は、そんな大きい大名じゃなかったんでしょう」

「講談好きだな、おまえは」

「ええ、まあ」

「そう言えば、火盗改で追っている盗人一味が、たしか上州下仁田あたりを中心に盗みを働いていたんだ」

　ふと剣之介が思いつくと、

「知ってますよ。のっぺら坊の磯吉でしょう」

たちまちにして義助は、読売で話題になっている、と答えた。

　のっぺら坊とは、なんとも妙な二つ名であるが、それには理由があった。

　棟梁の磯吉は、残忍無比の盗みをおこなう。押し入った商家で、逆らったり、目撃者となった者は、たとえ女子どもであろうと情け容赦なく殺す。

　わずかな逃げ残った者たちの証言によると、磯吉は凶行を働いているときに、無表情で感情をあらわにすることなく、まるでのっぺら坊のようらしい。

　そこから、のっぺら坊という二つ名がついたのである。

「しかも、のっぺら坊の磯吉たちは、浅間山の大噴火を利用してますからね。まさに悪鬼ですよ」

　義助が言ったように、磯吉一味は幕府直轄領、すなわち天領となった下仁田界隈で、復興のため集まった米や金を容赦なく奪っていた。

　磯吉一味は、中山道の宿場、深谷、上尾、浦和などで盗みを重ねたあと、半年前に江戸に入って、江戸市中の商家を襲うようになったのである。

　火盗改は、沽券にかけてのっぺら坊の磯吉を、捕縛せねばならない。頭取、鬼平こと長谷川平蔵は、決死の覚悟でいる。

　このため、このところ火盗改の役宅には、ぴりぴりと緊張した空気が漂っていた。

「あっ、そうだ。若旦那、いいんですか、こんなところでぶらぶらしていて」

　はっと気づいたように義助は言った。

「いいんだよ、今日は非番なんだから」

　剣之介は気にもとめない。

「なら、いいですけどね。のっぺら坊の磯吉をお縄にすれば、褒美はすごいんじゃないんですか」

「褒美は出るが、五百両はとても無理だぞ」

　剣之介は義助に、損失のあてにするな、と釘を刺した。

「あてにはしていませんけどね」

義助も笑った。

「とにかくだ。おまえは毎日、ここに足を運ぶことだな」

「足を運んだって、浅間講の連中は逃げてしまったんですよ。無駄足にしかなりませんよ。いや、若旦那に逆らうわけじゃありませんが」

義助は頭を搔いた。

「そう言うな。なにか気づくかもしれないじゃないか。火付けは、火をつけた現場に現れるもんだ」

剣之介の言葉にうなずきながらも、

「忍者も巣窟に戻るんですか」

「戻るよ」

なんの根拠もないのに自信満々に剣之介は答えると、浅間塚をくだりはじめた。

「寒いですね」

凍えるような風が、容赦なく強まった。

分厚い雲が垂れこめ、剣之介と義助を圧伏するようである。義助は、寒い、という聞き飽きた台詞を繰り返しながら、剣之介のあとに続いた。

講堂の前は、文句を言いたてながらも恨めしそうに高札を見やる男女で、ごったがえしていた。

「奉行所は、なにをやっているんだ」

「お上は、おれたちを見捨てるのか」

などと、彼らは浅間講への怒りを奉行所に向ける。

「あいにく、奉行所は動かないでしょうね」

小声で、義助は言った。

奉行所は、詐欺事件の探索には熱心ではない。

「泣き寝入りってことになりますかね」

「親父もな」

乾いた声で、剣之介は答えた。

「旦那、しばらく機嫌が悪いでしょうね」

義助は肩をすくめた。


その日の夜、火盗改は大捕物をおこなった。

向島にあったのっぺら坊の磯吉一味の隠れ家に押し入り、一味を一網打尽にしたのである。あいにく、剣之介は非番で捕物に加わらなかった。従って、褒美を手にすることもなかった。

明くる日、なんで報せてくれなかったのだと、剣之介は山辺左衛門に文句を言った。急な捕物出役で報せる暇がなかった、と山辺は言いわけをした。

捕物の最中、一味のなかには、手裏剣を使ったり、塀をやすやすと飛び越える者がいたそうだ。

ますます、浅間講、清瀬家の忍者とのかかわりが気になった。

三

四日の朝、

「親分、また首吊りですぜ」

代貸しを任せている熊吉が真っ青になって報告した。

浅草花川戸町にある風神一家二代目、唐獅子桜の正次郎は目を見開いた。苦み走った男前が引きしまり、親分然とした威厳を漂わせた。

このところ、誓願堀で首吊りが続いている。古着屋、履物屋の主人に続いて、青物屋の主人が自害した、と熊吉は報せたのだ。

「浅間講か」

険しい顔つきとなり、正次郎は問いかけた。

「そうですよ」

三人は日頃から仲がよく、そろって浅間講に加入していた。三人とも、浅間山の大噴火で家や身内を失い、流浪の末に誓願堀に流れ着いたのである。正次郎は三人に同情し、なおかつ三人が生真面目な商人であることから、誓願堀に受け入れ、商いを任せた。

正次郎の期待に応え、三人は誓願堀内で評判がよかった。

「行くぜ」

正次郎は誓願堀に急いだ。


堀内の会所に、青物屋の主人、為吉が寝かされていた。枕元には、医者の緒方伊織がいる。十徳ではなく、地味な紺の胴着に身を包んでいた。

伊織は小石川の養生所に勤めながら、市中を回診している。剣之介の紹介で正次郎に会い、誓願堀にも往診にきてくれるようになった。

出雲屋の一件を深く反省し、伊織は医療を通じて人の役に立とうと懸命だ。正次郎と剣之介は、そんな伊織を頼もしく思うとともに、深く感謝している。

「伊織先生、お手数をおかけします」

正次郎は礼を言った。

「たまたま誓願堀を往診中でしたのが幸いでした」

伊織の表情が明るいことに違和感を覚えながら、正次郎は為吉に視線を移した。

寝息を立てており、死んではいない。

そこへ、熊吉がやってきた。

「為吉さん、首を括ったんじゃないんですか」

正次郎は伊織に問いかけた。伊織は静かに首を左右に振り、

「猫いらずを服用したのです。幸い、量が少なかったのと、早めに処置ができましたので、命を取りとめることができました」

と、答えた。

伊織は、服用した猫いらずを為吉に吐かせ、水を飲ませた。応急処置のあとに体力を回復させようと眠り薬を飲ませ、寝かせているそうだ。

正次郎は熊吉に向いて、

「ったく、早合点しやがって」

と、舌打ちをした。

熊吉はぺこりと頭をさげてから、

「すんません。自害をはかったって耳にしましたんで、てっきり首吊りだって合点してしまいました。前のふたりが首を括ったんで……つい」

と、眠る為吉に向かって、すまねえ、と頭をさげた。

「なにが、つい、だ」

しょうがない野郎だ、と正次郎は熊吉をくさしたが、

「とにかく、命が助かったんだ」

と、安堵（あんど）の表情を浮かべた。

伊織は為吉の脈をとり、二度、三度うなずいてから、表情をやわらかにした。

「もう大丈夫です。食事は粥（かゆ）を差しあげてください」

的確な指示をしてから、伊織はお大事にと告げて腰をあげた。熊吉が薬箱を持とうとしたが、伊織は、気遣（きづか）いご無用、と自分で持ち、帰っていった。

清々（すがすが）しい青年医師である。

正次郎は為吉の寝顔を眺めながら、

「浅間講は、とんだガセだったみてえだな」

と、熊吉に語りかけた。

「江戸市中で、相当な人数が引っかかっているようですぜ」

熊吉は言った。

「欲をかいたから悪いって言うのは、騙された者には酷かもしれねえな」

正次郎は顔をしかめた。

すると、

「うう っ……」

為吉が唸った。

正次郎と熊吉が視線を向けると、為吉は薄目を開けた。次いで、大きく見開くと周囲を見まわした。

混乱のなかにあるようで、

「ここは……」

と、つぶやいた。

「冥途じゃねえぜ。誓願堀の会所だ」

熊吉が声をかけた。

為吉は正次郎に気づいた。

「ああっ……親分……」

「寝てな」

正次郎は優しく語りかけた。

「いえ、もう、大丈夫です」

為吉は半身を起こして、頭をさげた。

「何も頭をさげることじゃねえよ」

「ですが……」

なんとお詫びすればいいのか、と為吉は恐縮しきりとなった。

「まあ、命拾いしたんだ。まずは、そのことを喜ぶんだな」

正次郎は言葉を重ねた。

そこで熊吉が問いかける。

「死のうと思ったのは、浅間講が原因なのかい」

「わしは馬鹿でした」

図星だったようで、為吉はうなだれた。

「よかったら話してくれねえか」

正次郎が問いかけると、

「そうですね」

おずおずと、為吉は語りはじめた。

浅間講について耳にしたのは、二年前の今頃だった。古着屋、履物屋の主人と一緒に、浅間講の集まりに出席した。

「なにしろ、まだまだ国許は苦しい暮らしを強いられている連中が多くて、浅間講の御師頭のお話は、とっても希望が持てたんです」

訥々と、為吉は語った。

三人は浅間講に参加し、各々ひと口、つまり一両を預けた。

「御師頭は、情け深いお方に思えました」

御師頭の大前源道は、為吉たちが下仁田から江戸に流れてきたと知ると、親切に声をかけてくれるようになった。三日とあげず、誓願堀に御師を派遣し、下仁田の様子を語ってくれたのだそうだ。

「下仁田の葱も運んでくれましてね」

為吉が営む青物屋の目玉商品は、下仁田葱である。国許の名産を扱えることになり、浅間講への信頼が増していった。

「それでわしら三人には、半年で二割の配当金を、ほかの方には内緒で約束してくださったのです」

その言葉を励みに、為吉たちはなけなしの金を追加し続けた。

結局三人は、各々十両近くを、浅間講に預けたのである。

「それが……」

為吉は肩を落とした。

浅間講が夜逃げをし、騙されていたと知って絶望した。金を騙し取られた衝撃と、下仁田が復興するという希望が打ち砕かれたのだ。

「欲をかいたわしが悪いんです」

その言葉を使うことにより、為吉は自分を納得させているようだ。

「金の心配はしなくていい。まずは、身体を休めてくれ」

正次郎の言葉に、

「ありがとうございます」

涙ながらに、為吉は何度も頭をさげた。

四

二日後の五日の朝、江戸城清水門外にある長谷川平蔵の役宅に緊張が走った。

昨夜、小伝馬町の牢屋敷が火事となったのだ。

幸いにして半焼程度で済んだのだが、その際、罪人を解き放った。

二日後の夜九つまでに、両国の回向院に集まれば罪一等を減ずる、戻らなければ罪の如何にかかわらず死罪に処する、と、牢屋奉行・石出帯刀が言いわたしての解き放ちである。

問題はその罪人のなかに、のっぺら坊の磯吉一味が含まれていたことだ。

磯吉はその二つ名のとおり、無表情で盗みをし、人命を奪う冷酷非情の盗人。

そんな磯吉が野に放たれれば、商家は枕を高くして眠られないだろう。

磯吉と子分の半平は、近々のうちにも平蔵の裁きがおこなわれ、死罪は免れないところであった。

火盗改内では、当然、警戒心を強めている。磯吉と手下が回向院に戻らないとはかぎらないが、まずは行方をつかんでおかねばならない。

剣之介と山辺も、これから磯吉の探索に向かおうとしている。

が、

「磯吉の行方を確かめるって言ったってさ、どこを探すんすか」

剣之介は不満を漏らし、さっそく山辺のやる気を削いだ。

「我らの持ち場は、上野、浅草界隈だ。割りあての地域を徹底して探索するぞ」

鼓舞するように、山辺は意気込みを示した。

「磯吉の奴、これ幸いと、逃亡を企てるに決まっておる」

山辺本人は危機感を抱いているようだが、細い目、団子っ鼻がうごめいて、滑稽さを醸しだしてもいた。

「おれもそう思うな。だってさ、死罪以上に重い罪はないんすもんね。捕まってもともとでしょう」

剣之介も、けろっと賛成した。

「あれだけ苦労して捕まえたんだ……」

山辺は嘆息した。

長谷川平蔵、みずから指揮を執った捕物である。火盗改は、死者こそ出なかったものの、重軽傷者は十人を数えた。

逆らう者は容赦なく斬り捨てよ、と命じる一方で、

「なんとしても、磯吉は生け捕りにせよ」

と、平蔵は命じた。

その甲斐あって、磯吉と手下のひとり、半平を捕縛したのである。

「磯吉の奴、往生際はよかったのだがな」

山辺は言った。

磯吉は捕縛されると、じたばたすることなく、平蔵の詮議に素直に応じた。自分たちがおこなった盗みを白状し、盗みとった金の隠し場所も打ち明けた。

証言に従い、火盗改で確かめたところ、実際に金が見つかった。往生際のよかった磯吉だが、牢屋敷を解き放たれたとなると、生への希望、執着が生まれるのではないか。

「おれ、捕物の最中にさ、磯吉一味が忍術を使ったって聞いたよ」

剣之介は言った。

磯吉一味は、棒手裏剣、卍手裏剣を投げ、撒菱を駆使したという。

「磯吉一味の誰かが、忍び出身なのかもしれんな」

山辺も思いだし、興味を示した。

「のっぺら坊の磯吉一味は、上州の下仁田あたりを荒らしてから江戸にやってきたんでしょう。潰された下仁田藩・清瀬出羽守の配下には、凄腕の忍者がいたようだよ」

「すると、磯吉一味には、忍者だった清瀬浪人が混じっておるのかもしれんな」

「それと、浅間講なんだけどさ」

「浅間講……ああ、詐欺連中か。清瀬家の埋蔵金などという眉唾で庶民を騙し、大金を集めてとんずらした、とんでもない連中だな」

怒りを滲ませ、山辺は言った。

「浅間講の連中も、清瀬家の忍者だったかもしれないんすよ」

「まことか……おまえ、どこで聞いたんだ」

山辺は口を半開きにした。

「浅間講の江戸陣屋に行ったんすよ。そうしたら、集まっていた連中から、そんな噂が出ていたの」

「そうか……どこまで本当かわからんが、もし、浅間講の連中も清瀬家の忍びとすると、のっぺら坊の磯吉一味とつながりがあるかもしれんな」

山辺は腕を組んで、思案をはじめた。

「浅間講が下仁田で活動をはじめたのは、三年前からでしょう。のっぺら坊の磯吉一味が江戸で盗みを働くようになったのは、半年前からだ。まずは御師を使って、浅間講の加入に事寄せて、盗み先を調べまわったのかもしれない……これ、考えすぎかな。おっさんは、おれの妄想（もうそう）と思うだろうけど」

　剣之介の考えを受け、

「いや、妄想とは思わん。むしろ、ぶっ飛び野郎にしては、まともな考えだと思うぞ」

　珍しく山辺は、剣之介の考えに同意した。

「ともかく、磯吉の行方を追うべきだな」

　言ったものの、山辺が不安そうなのは、磯吉の行方についての手掛かりがまったくないためだ。

「磯吉の手下は、半平以外はすべて斬ったんでしょう」

「そうだ。捕物の場にいなかった残党がおるかもしれんが……」

「磯吉の女はどうなんすか」

　剣之介は小指を立てた。

「女がおっても不思議はない。うん、そうだ、磯吉は女のところに行っているのかもしれんな……いや、そうに違いない」

　山辺はすっかり女だと決めつけた。

「明日の夜九つまでに回向院か……」

　剣之介は空を見あげた。

　分厚い雲に覆われ、いまにも雪が降ってきそうだ。

　すると、門が騒がしくなった。

　門番があわてて山辺に近づいた。

「どうした」

　山辺が問いかけると、

「半平です……半平がやってきました」

　門番は声を上ずらせた。

「なんだと」

　驚きの表情を浮かべる山辺を置いて、剣之介はさっさと門に向かった。山辺も続く。

　門の前に、牢屋敷の粗末なお仕着せを身にまとった男が立っていた。この寒空に単衣一枚というみすぼらしさゆえ、がたがたと震えている。

剣之介を見ると、

「旦那、飯、食わせてくだせえ」

情けない声で懇願した。

「まあ、入りなよ」

剣之介は半平を、屋敷の中に入れた。

「おっさん、こいつをどこに連れていこうか」

剣之介が問いかけると、

「仮牢に決まっておろう」

山辺は即答したが、

「すんません、ここにいる間は、牢獄はご勘弁願えませんかね」

半平は両手を合わせた。

「いいんじゃないっすか」

剣之介は認めた。

山辺は迷うふうであるが、

「ま、いいだろう」

と、承知した。

まずは、台所に連れてゆき、飯と味噌汁、胡瓜の古漬けを出してやった。板敷に座り、半平は貪るように食べはじめた。

箸を止めては、

「ありがてえ」

半平は、ぽろぽろと涙を流した。

朝餉を食べ終えて腹が満ちてから、

「明日の夜九つまでに回向院に行けば、死罪は免れるんですよね」

半平は確かめた。

「まあ、遠島といったところだ」

山辺が答えると、

「遠島でもありがてえや。命あってのものだねだものな」

しみじみと、半平はため息を吐いた。

「そうだ、人間、生きていればいいことがあるもんだぞ」

訳知り顔で、山辺も励ました。

「でも、遠島か……」

生きる見通しがつき、半平にも欲が出てきたようだ。

「どうした、不満か」

「もっと軽くなりませんかね」

案の定、半平は欲を出してきた。

「どうしてほしいのだ」

苦笑しつつ、山辺が問いかける。

「江戸所払いくらいになりませんかね」

臆面もなく、半平は希望した。

「それは無理だな」

「そんなこと言わねえでくださいよ……」

「望みを持ったって、叶わなかったらつらいだけだからな」

山辺が慰めた。

すると、

「……親分の居所に案内してもですか」

真顔で半平は問いかけた。

「おまえ、磯吉の居所を知っているのか」

思わず山辺は、剣之介のほうを見やる。

「ええ、まあ……知らないことはありません。たぶん、あそこだって見当はついています」

「はっきりしろ」

山辺が語調を強めると、半平は表情を引きしめ、

「親分の居所だけじゃなくって、金のありかもわかってます」

「金だと……ありかは、磯吉が白状したではないか。あれだけではないということか」

「そうです」

半平は言った。

「こいつは驚いた」

口を半開きにする山辺をよそに、

「磯吉は、その金を持って逃げるって言うんだね」

ここで剣之介が口を開いた。

「そのとおりです」

半平は首肯(しゅこう)した。

「つまり、親分を売るっていうのか」

剣之介の非難めいた言葉にも、たじろぐことなく、

「そういうことです。人として許されるものではありませんがね、でも火盗改さんにとっても、悪い話じゃないでしょう」

ふてぶてしい口ぶりと態度で、半平が言い放つ。

やはり、ひと筋縄ではいかない男のようだ。

「ちょっと待て」

平蔵や与力と相談する、と言って山辺が席を立った。

剣之介はそのまま、半平に尋ねる。

「金っていくらあるんだい」

「まあ、ざっと一万両ですね」

躊躇うことなく半平は答えた。

浅間講も、一万両ほどを集めたのではないか……。

たしか義助は、そう想像していた。やはり、のっぺら坊の磯吉と、浅間講の主催者であり御師頭、大前源道には、なにかつながりがあるのだろうか。

半平に、両者のつながりを確かめようかと迷ったが、思いとどまった。隠し玉として取っておくべきだ。

「そいつはすごいなあ。のっぺら坊の磯吉一味、さすがって褒めたら、火盗改失格だけどさ……よくも盗みに盗んだものだ。いやあ、すごい、すごい」

剣之介は感心して見せた。

「まあ、親分は厳しいお方でね。とにかく怖かった」

そう言って、半平は怖気を振るった。

「ほう、どんな具合だい」

剣之介は興味を抱いた。

「失敗は許さない。裏切りは絶対に許さないお方ですよ。そんな素振りでも示そうもんなら……」

半平は頭を抱えた。

まさに磯吉はのっぺら坊の二つ名どおり、瞬きひとつせず、無表情のまま子分たちをいたぶるのだそうだ。

「その執拗さと言ったらないですよ。あれを目のあたりにしちゃあ、誰もが親分の顔色をうかがわずにはいられません。親分は顔色や表情の変化を、微塵もお見せにならないんで、その不気味さたるやそりゃもう……鬼よりも怖いですよ」

盛んに、磯吉への恐怖を吐露した。

「じゃあ、逃げだす者もいただろう」

「いることはいましたが、いずれも失敗しました」

「磯吉はどんな具合に、子分たちを束ねていたんだい」

「お互いの告げ口ですよ」

さらっと半平は答えた。

「子分同士を監視させていたってことか。陰険だね」

剣之介は苦笑した。

五

「ほんと、怖いお人ですよ」

なおも半平は繰り返した。

「でもあんた、そんな磯吉についていったんだろう」

「そりゃ、何度も言いますがね、怖かったからですよ」

「腕っぷしも強かったのかい」

剣之介は、着物の袖（そで）を腕まくりした。

「そりゃ、滅法強かったですよ。押込み先の者を素手で殴り殺したこともありますし、棒術と手裏剣の名人なんですよ」

半平は棒を振りまわす格好をした。

「手裏剣に棒術かい。まるで忍者だな」

わざと剣之介は、忍者にたとえた。

すると、半平は我が意を得たりといったように、半身を乗りだして言った。

「親分は、もとは上州下仁田藩・清瀬出羽守さまの忍びだったんですよ。あっしは違います。単なるこそ泥で、江戸で仲間に加わったんですけどね」

「下仁田藩・清瀬家というと……七年前に改易にされたっけ」

「そうです、そうです。その清瀬さまの御家中で、忍びを束ねていらしたんですよ。子分たち全員じゃないけどね、何人かは清瀬さまの忍びの出でしたよ」

「忍びっていうと忍者だね」

わざと、とぼけて見せた。

半平はうなずく。

「でも、いくら忍者だって、人なんだからさ。夜中、磯吉が寝入ったときにそっと近づいて寝首をかけば、殺せるんじゃないのかい。あるいは、昼間でもさ、背後からそっと忍び寄れば、なんとかなるような気がするけどな」

　半平は大きくかぶりを振り、

「そんなことできやしませんよ」

と、語調を強めた。

「隙がないってことかい」

「そうですよ」

「もう一度聞くけどさ、寝ているときなら大丈夫なんじゃないの」

「親分は寝ないんですよ」

「そんな馬鹿な」

　思わず失笑が漏れた。

「眠るんですけど、ごく短いんです。それと、足音どころか、枯れ葉が落ちただけでさっと目を覚ますんです」

　忍びで鍛えたのだそうだ。

「それに、痛さを感じないのだとか」

　無表情で残忍無比の殺しをおこなうことに加えて、殴られようが刃物で傷つけられようが、なにも反応を見せないのだという。

「恐ろしいんですよ」

半平はしきりと、この言葉を繰り返した。

「じゃあさ、磯吉が磔になるって安心していた連中もいるんだな」

剣之介の言葉に、

「そりゃ、そうでしょうけどね。内心では、こんなことになるんじゃないかって、心配していた者もいたと思いますよ。いえ、火事で牢屋敷から解き放たれるだろうってことじゃなくって、磯吉親分のことだ、お上のお裁きからだって逃れるんじゃないかって」

どうやら磯吉は、子分たちから心底、畏れられていたらしい。

そこへ、山辺が戻ってきた。

「お頭からお許しが出た。半平、磯吉の隠し金が見つかったら、江戸所払いにしてやる」

山辺の言葉に、

「ありがとうございます。任せておくんなさい」

満面の笑みで半平は答えた。

「磯吉はどうするんすか。いくら罪人でも、明日の夜九つに回向院に戻ってきたら、受け入れなきゃいけないんですよ」

　剣之介の問いかけに、

「そのとおりだ。だから、明日の夜九つまではお縄にはしない。見張るにとどめる」

　山辺は言った。

「逃げる素振りを見せたら、どうするんすか」

「斬るしかないな」

　事もなげに山辺は答えたが、半平の話を信じるかぎり、簡単に斬れそうもない。

　もしかして、磯吉がすんなりとお縄になったのは、小伝馬町の牢屋敷が火事になることを予想していた……つまり、いまだ潜んでいる子分に火付けをさせるつもりでいたからだろうか。

「斬るねえ……」

　剣之介は半平を見た。

「言っときますけど、あっしは親分の居場所と金の隠し場所を教えたら、それでお役御免ですからね。親分の前には出ませんからね」

　半平は強調した。

「ともかくさ、磯吉の居場所と金の隠し場所へ行こう」

剣之介は立ちあがった。


半平は風呂に入り、髭を剃ってから火盗改が用意した袷を着て、剣之介と山辺の案内に立った。

半平が案内したのは、根津権現裏手の屋敷であった。

門代わりにかまえられた鳥居の前で、

「あれ……ここ」

剣之介は立ち止まった。

やはり、浅間講である
「どうしたんだ。知っているのか」

山辺は訝しむ。

「ここ、浅間講だよね」

剣之介は半平に確かめた。

「よく、ご存じで」

半平は認めた。

「浅間講とは……やはり、のっぺら坊の磯吉は、浅間講とつながりがあるのか」

山辺も得心したようだ。

「ご存じと思いますが、浅間講は浅間山にちなんだ講ですよ。清瀬さまの埋蔵金を掘りあてると法螺を吹いて、金を集めた互助会なんですがね、金が集まり、化けの皮がはがれそうになって、とんずらしたんですよ」

「出資者は町人ばかりか」

山辺の問いかけには、

「大店の商人のほかに、お旗本ですよ。で、年に二回、利の配当があるんですよ。出した金に応じてですけどね、ですけど、この講が潰れてしまったんすよ」

剣之介が答えた。

先日同様、屋敷の中には債権者らしい男女が何十人もいる。そのなかには、義助もいた。案の定、音次郎から、出資した金を取り立ててこいと、きつく命じられたようだ。

「こりゃ、若旦那」

地獄に仏とばかりに、義助は剣之介を頼ってきた。

「親父に言われたんだろう」

剣之介の言葉に、

「助けてくださいよ」

顔を歪ませ、義助は懇願した。

「いまお役目なんだよ」

剣之介が言うと、義助は山辺に気づいてぺこりと頭をさげ、次いで半平にも挨拶を送ると、その場から立ち去った。

それでも、浅間講と磯吉の関係が気になる。

「磯吉は浅間講と、どんな関係があるんだい」

剣之介は半平に聞いた。

「浅間講っていうのは、親分が事実上の主催者なんですよ」

さらりと半平は答えた。

「へ〜え、そうなんだ」

剣之介は屋敷を見た。

「ここに、磯吉が盗んだ金が隠してあるのか」

山辺は興味を示した。

「そうですよ」

「じゃあ、御師頭の大前源道が預かっているんだね」

剣之介が確かめると、

「大前源道っていうのは、親分なんですよ」

予想していたとはいえ、

「磯吉は、浅間講の御師と盗人の顔を持っているっていうことか」

おもしろい奴だな、と剣之介は言い添えた。

「浅間講が潰れた、とか、御師たちがとんずらした、というのは、磯吉こそが御師だったからなのだな」

山辺も思わずといった様子で感心した。

「じゃあさ、浅間講の御師たちは、磯吉の手下だったたってことだろう。盗みも働いていたのかい」

剣之介は講堂を見ながら言った。

「いえ、親分は、御師は御師で使っていましたね。つまり、御師を隠れ蓑にして、盗みに働く店を探っていたんですよ」

「考えておるな」

またも山辺は感心した。

「さすがは、忍者の頭ということか。すると、磯吉は下仁田藩・清瀬家が潰れてから、この浅間講をはじめ、一方で盗みを働いていたってことだね。なるほどねえ、考えたもんだ」

剣之介も感心することしきりだ。

「親分は、ここが切れますよ」

半平が自分の頭を指差した。

「悔しいが、それは認めなければならぬだろうな」

うなずく山辺に、剣之介は首を捻（ひね）った。

「しかし、大前も御師たちもいなくなってしまった。金なんか残ってるのかい」

「あるはずですよ」

そう言うや、半平は講堂のほうへと向かった。

群がる人々を掻き分けて進む。続いた剣之介と山辺を役人と見て、

「旦那、あたしは五両出しているんですよ」

「あたしも五両」

「おれなんざ、十両だぜ」

などという訴えが、あちこちから噴出した。

すると、群衆のなかに、剣之介の見知った顔があった。

唐獅子桜の正次郎である。

剣之介は山辺と離れ、正次郎に近づいて声をかけた。

六

「正さん、どうしたんだい」

剣之介の問いかけに、

「剣さんこそ……と言いたいが、浅間講の御師頭、大前源道を追っていなさるんですか」

正次郎に確かめられ、剣之介はそうだと認めた。

「まさか、正さん、金を騙し取られたんじゃないだろうね」

「あっしは、そうしたもんには興味がねえんで被害は受けなかったんですがね。誓願堀で商いをしている者で、金を騙し取られた者がおります」

正次郎は、誓願堀における浅間講の被害状況を話した。

「なるほどね、浅間講も罪作りだ」

剣之介は顎を掻いた。

「放ってはおけませんや」

正次郎は怒りをあらわにした。

「ところが、肝心の御師頭、大前源道の行方が知れない。それにね、驚いたことに大前は、火盗改が捕えた盗人の磯吉だったんだ」

剣之介が言うと、

「そいつは驚きですね」

正次郎も驚きの顔つきとなった。

「小伝馬町の牢屋敷が火事となり、罪人が解き放たれた。そのなかのひとりが、磯吉だった。明日の夜九つに回向院に戻ってこなければ、罪にかかわらず死罪になるんだけど、磯吉は死罪が決まっている。逃げようが逃げまいが変わらない。だから、おそらくは逃げるって踏んだんだ」

「なるほど、そういうこってすか」

「ところが、その磯吉の行方がつかめない」

剣之介は弱気を見せた。

「じつはさきほど、誓願堀にやってきた御師を捕まえたんですよ。浅間講に加入した三人が自害をはかったんで、様子を見にきたようです。そいつに、大前の行方を確かめますか」

「そうかい、そりゃ、いいや」

　剣之介は、正次郎の申し出を受け入れた。


　そのまま剣之介は、正次郎とともに、浅草にある風神一家にやってきた。

　すると、様子がおかしい。

　一瞬にして、正次郎の頬が強張った。

「親分」

　熊吉が血相を変えて出てきた。

　その顔を見れば、ただならぬことが起きたのがわかる。

　正次郎は無言でうなずくと、母屋に入った。

　目を覆う光景が広がっている。

　子分が三人、血の海のなかで息絶えていた。正次郎は唇を嚙みしめ、立ち尽くしていたが、

「浅間講の仕業か」

と、悔しげにつぶやいた。

誓願堀に行っている半刻のうちに、熊吉が戻ってきたらこのありさまだったという。捕えた御師は小上がりに座らせ、三人の子分を張りつかせていた。

「捕まえた御師の仕業とは思えねえな」

正次郎は考えを述べたてた。

「磯吉の仕業だろうね」

あっさりと剣之介が答える。

「あっしが目を離したばっかりに、こんなことになって」

自分を責めるように、熊吉は頰を拳で殴りつけた。

「いまさら悔いても、こいつらは生き返らねえ。ねんごろに弔ってやろう」

無念と後悔を嚙みしめた正次郎の言葉に　熊吉は黙ってうなずく。

それにしても、凄まじい殺しである。半平が言っていたように、磯吉は相当な腕、そして残忍無比の男であるに違いない。

「親分、きっと、こいつらの仇を討ってやりますぜ」

熊吉は泣きながら言った。

正次郎もうなずくと、

「おまえら、手分けして聞きこみをしてこい」

と、命じた。

熊吉は勢いよく飛びだしていった。


少ししたのち、聞きこみの成果によって、御師たちが吾妻橋を渡っていったのが確かめられた。


「剣さん、行きますか」

正次郎は言った。

「もちろんだ」

剣之介も応じた。

ふたりは、吾妻橋の近くにある三軒長屋の真ん中に入っていった。

そこで、易々(やすやす)と御師のひとりを捕まえた。

「磯吉、いや、大前はどこにいるんだ」

剣之介は責めたてた。

「し、知らない」

御師は答えた。

すると、

「剣さん、危ない」

正次郎の叫びとともに、剣之介は身体を横転させた。頭上を棒手裏剣が飛んでゆく。正次郎は木陰に身を寄せた。

捕まえた御師に、棒手裏剣が突き刺さる。

剣之介は立ちあがった。

木戸から大柄な男が入ってきた。のっぺら坊のような無表情、まさしく、のっぺら坊の磯吉である。

磯吉は、のっしのしと歩きながら近づいてきた。

剣之介と正次郎は、磯吉の前に立った。

磯吉の背後には、御師たちがぞろぞろと雁首をそろえている。

「おれを捕まえるつもりだろう」

磯吉は轟然と言い放った。

手下たちは棒手裏剣を手にしているが、磯吉は素手であった。がっしりとした身体つき、無表情さが、よけいに不気味である。

「あたりまえだよ」

剣之介は言い返した。

「なら、捕まえてみな。ただし、おれに指一本でも触れたら、おまえら、針鼠(はりねずみ)のようになるぜ」

不気味な声音(こわね)で、磯吉は言った。

「よし」

と、剣之介は長ドスを抜こうとした。正次郎が、剣之介の前に立った。

「まあ、ここでは命を取るのはやめてやる。ありがたいと思え」

磯吉は無愛想に言い放った。

「ありがたくはないな」

剣之介は、にやりとした。

「命を惜(お)しめ」

からかうように、磯吉は言葉を添えた。

「あんたからその言葉を聞かされるとは、意外だよ」

剣之介は長ドスを抜き、振りかぶった。

「馬鹿につける薬はないな」

磯吉は手下に、やれと右手をあげた。

そこへ、山辺が駆けつけた。剣之介が正次郎と一緒に浅間講の陣屋を出ていったのを見て、風神一家に寄り、ここを聞いてやってきたのだった。

「おっさんにしては機転が利くね」

剣之介らしい無遠慮な誉め言葉に、山辺は苦笑した。

半平もいる。磯吉は半平を見ると、

「てめえ、よくも裏切ってくれたな」

と、凶暴な声を発した。半平は畏れおののいた。

だが、状況を見て不利を悟ったか、

「その首洗って、待ってろ」

そう言い残し、磯吉は手下を引き連れて立ち去った。

「おっさん、助かったよ」

剣之介は山辺に礼を言った。

いまだ半平は、ぶるぶると震えている。

「あっしゃ、殺されるよ」

半平はつぶやいた。おろおろと視線が定まらない様子である。

「心配するな」

山辺が声をかけるも、

「でも……」

半平はうなだれたままだ。

「あっしんところにいればいい」

なんとなく事情を察したのか、正次郎が助け舟を出した。

「でも、回向院に行かなきゃならない」

要するに、回向院への途次、半平は磯吉に狙われるのではないかと心配しているのだ。

「一緒に回向院に行くよ」

剣之介は言った。

「でも、親分は絶対に許さない。一家を抜けることは、絶対に許さないんだ。どんなことがあっても許されないんだ」

そう言って、ふたたび半平は全身を震わせた。

「大丈夫だ」

山辺は言ったが、

「あんたになにができるんだ」

力なく半平は答えた。


「我らが守るのだぞ」

火盗改の威信を傷つけられたと思ったか、山辺は不快感を示した。

「いや、旦那方を信用していないってわけじゃないんですよ」

あわてて半平は、言いわけをするように取り繕った。それだけ、磯吉を恐れているのだろう。

「ほかに、磯吉の根城は思いあたらないかい」

剣之介が問いかけると、

「浅間講を手繰っていけば、わかるかもしれません」

つぶやくように半平は言った。

「浅間講か」

「どうした、いまさら……」

山辺が首を捻った。

「磯吉……大前源道、どっちでもいいけど、まだ江戸を離れていないっすよ。ということは、金はまだある。たぶん、浅間講の陣屋にね」

「だが、浅間講はもぬけの殻(から)だったのだろう」

「講堂や建屋はね……だけど、浅間塚は調べていない。頂きに祠があるんすよ。のぼったけど、掘り返した跡はなかった。だから、祠の下が怪しい……勘ですけどね」

剣之介の推量に、

「おおいにありえるな。よし、火盗改の捕物出役をお頭に頼む」

山辺は眦(まなじり)を決した。

「おっさんは、長谷川さんの役宅に行ってよ。おれは先に浅間講へ行っているから」

剣之介の提案を、山辺は了承した。

山辺が去ってから、

「剣さん、ご一緒させていただきますよ」

正次郎が申し出た。

正次郎の顔には、子分たちや誓願堀の店子の無念を晴らそうという決意が、明瞭に書き記してあった。

「正さん、行きましょうか」

笑みをたたえ、剣之介は申し出を受け入れた。

七

剣之介と正次郎は、浅間講にやってきた。

正次郎は縞柄の袷を着流し、左手には長ドスを提げていた。鈍色の空から牡丹雪が降りしきり、瞬く間に雪化粧を施した。

鳥居をくぐると、濃厚な血の臭いが、ふたりの鼻孔を刺激した。

講堂の前には、大勢の男女が折り重なっていた。返金に押し寄せた出資者たちを、大前源道と配下の者たちは無惨にも殺したのだ。雪は血と泥が混じり、斑模様となっている。

「むげえことしやがる」

正次郎は憤怒の形相となった。

「許せないね」

剣之介も怒りで全身が焦がされた。

身を切るような寒風だが、少しも寒くはない。

剣之介は、雪に覆われた浅間塚を見あげた。

塚の頂きから、強い風が吹きおろしてくる。

「剣さん」

正次郎は甲走った声を発し、頂きを指差した。雪しまきのなか、数人の人影がぼんやりとうごめいている。みな黒覆面で顔を隠し、黒装束に身を包んでいる。

目を凝らすと、鍬や鋤を手に、土を掘り返しているとわかった。やはり、祠の下に出資金を隠しているようだ。

剣之介と正次郎は鳥居をくぐり、参道を駆けあがった。

すると、
のっぺら坊の磯吉こと大前源道の声が響き渡った。

「殺されにきたか」

ふたりは立ち止まった。

「殺されるのはおまえだよ」

剣之介は、長ドスを抜き放った。

正次郎も長ドスを抜くと、鞘を投げ捨てる。

「馬鹿め」

大前は言うや、右手をあげた。

黒装束の男たちは、箱ぞりに乗りこんだ。座らず立ったまま、箱ぞりで塚をくだる。右手に刀を提げていた。

雪を蹴散らし、十人の忍者が箱ぞりで、剣之介と正次郎に迫る。

咄嗟に剣之介は積もった雪をつかみ、先頭の敵に投げつけた。雪の塊が敵の顔面を直撃し、背後にふっ飛び、後続の箱ぞりにぶつかった。

敵は算を乱す。

剣之介と正次郎は、そのまま斬りかかった。

敵も刀で応戦する。

「剣さん、ここはおれに任せてくれ」

正次郎の言葉に剣之介はうなずくと、参道を走りあがる。背後から、正次郎に敵が斬りかかった。

間一髪、正次郎は刃を避けたが、小袖の背中を斬られた。

背中があらわになる。

あざやかな唐獅子桜の彫り物が、敵を威圧した。桜吹雪で唐獅子が咆哮する姿は、雪しまきのなか、怒りの形相で長ドスを振るう正次郎の姿と重なる。

敵は恐れをなし、正次郎に斬りたてられた。

激しい風雪にもめげず、剣之介は頂きに立った。

吹雪のなか、大前が仁王立ちしていた。黒装束だが覆面は着けていない。無表情でのっぺら坊のような顔を、剣之介に向けている。

おそらく、次に会ってもわからないだろう。まるで記憶に残らない顔だ。

「牢屋敷に火付けをさせたな」

剣之介の問いかけに、

「類焼を避けるよう、火付けをさせた。囚人どもも束の間の娑婆を味わえて、感謝しているだろう」

平然と大前は言った。

「清瀬家の忍者だったのか」

「そうだ」

「泰平の世に忍者の役目なんかあったのかい」

「金山探しだ」

「隠し金山があったんだな」

「あるもんか。殿さまの妄想で、ありもしない金山探しをさせられた。あげくに浅間山の噴火、御家は改易……金山が見つからないと叱責された鬱憤を晴らそうと、清瀬家の埋蔵金話をでっちあげてやった。それで、こっそりと儲けてやったよ」

心持ち誇らしそうに、大前は語った。

「盗みにも忍術を役立てたんだな」

「せっかく身につけた技を、使わない手はないからな。さあ、これくらいでいいだろう」

話を打ちきり、大前は右手を振った。

卍手裏剣が飛んできた。

剣之介は長ドスで掃い落とした。

それでも、大前は手裏剣を放ち続ける。剣之介は長ドスで防ぎつつ、横転しようとした。

ところが、大前は撒菱を撒く。

たまらず、剣之介はその場にうずくまった。

刀を抜いて、大前が近づいてくる。

立ちあがるや剣之介は長ドスを朱鞘に納めると、鐺（こじり）で大前の顔面を殴りつけた。

鐺を覆った鉛が頬骨を打つ鈍い音が響いたものの、大前は無表情で立ち尽くしている。普通の人間なら頬骨が砕け、悲鳴をあげてのたうっている。

半平が言っていたように、大前は痛みを感じないようだ。痛がるどころか眉ひとつ動かさず、剣之介を挑発するように顔を突きだした。

今度は、朱鞘で脛（すね）を掃った。

弁慶（べんけい）の泣き所を痛打されても、やはり大前は平気な様子だ。

「なら、ぶった斬るまでだ」

剣之介は、ふたたび長ドスを抜いた。

腰を落とし、大前の隙をうかがう。

すると祠の扉が開き、黒装束の男が出てきた。

「お頭、火薬を仕掛けました。火をつけましたんで、早くくだりましょう」

どうやら祠の中に火薬を仕掛け、導火線に点火したようだ。凍りついた頂きは鋤や鍬では歯が立たず、火薬で吹き飛ばそうというのだろう。

大前は確認するように、祠を振り返った。
剣之介は脱兎のごとく飛びだし、大前に体当たりを食らわせた。
大前は手下とともに、祠にぶつかった。
間髪いれず、剣之介は箱ぞりにまたがり、浅間塚を滑りおりた。
黒紋付がまくれあがり、真っ赤な裏地が吹雪のなか、紅い花を咲かせたようだ。
唐獅子桜の彫り物が見えた。
正次郎が塚をのぼってくる。
「正さん、逃げろ！」
剣之介は、正次郎を抱きあげた。
次の瞬間、頂きが爆発した。
祠もろとも、大前と手下は爆風で吹き飛んだ。
箱ぞりは地上に至り、剣之介と正次郎は投げだされる。
塚は山崩れを起こした。
紅蓮の炎に包まれた祠が、頂きを照らす。牡丹雪が、赤い牡丹の花と化した。
剣之介と正次郎は呆然となって、浅間塚の噴火を見あげていた。

師走を迎え、剣之介は風神一家の居間で正次郎と向かいあっていた。

鮟鱇鍋を肴に、熱燗を酌み交わしている。

吹っ飛んだ浅間塚から、出資金が見つかった。一万両近い金が回収され、出資者に返金された。ただし、配当は支払われず、元金だけである。

返金され、音次郎も二、三日は機嫌がよかったが、配当を手にできない不満が鎌首をもたげ、義助は借金取りに走りまわらされている。

「火盗改、辞めるよ」

遊びを止めるような安易さで、剣之介は言った。

正次郎は、おやっとなった。

「そらまた、どうしてです」

「飽きたって言ったほうが、おれらしいかな」

と、言ってから、剣之介は浅間講討伐を咎められた、と言い添えた。

火盗改が出役する前に、勝手に大前源道らを退治したことへの批判の声があった。山辺はかばってくれたが、日頃の剣之介の奔放ぶりに不満を抱いている者たちが、ここぞとばかりに剣之介を批難している。

浅間塚と一緒にぶっ飛べばよかった、などという悪口を叩く者もいた。

長谷川平蔵は、気にかけるな、と言ってくれ、報奨金を十両もくれたが、正直に言っておもしろくはない。

するとと正次郎は、にやっとして返した。

「とかなんとか言って、本当はやめる気ないんでしょう。剣さんのことだ。悪口雑言を並べる連中を、ぎゃふんと言わせるつもりなんじゃないんですか」

「正直、迷っているんだ。山辺のおっさんにも泣きつかれたしな……おっさん、酒が入ると気持ちが高ぶるからさ。はじめのうちは落ち着いて、辞めることはないって、わしが味方になってやるって、励ましてくれたんだけど、五合入ったら辞めるのは許さんって、細い目をつりあげて怒りだしたんだ。八合飲んだら、わあわあ泣きだして、辞めんでくれって……あげく、一升空けたら酔い潰れてしまったよ」

まいった、と剣之介は苦笑した。

「いい方じゃないですか。剣さん、幸せですよ」

正次郎は何度もうなずいた。

「酔い潰れたおっさんをおぶって、組屋敷に送っていったんだ」

剣之介は言葉を止めた。

山辺は子沢山、子どもたちが父親の帰りを待っていた。山辺の妻子はこぞって剣之介に礼を言い、日頃、山辺が剣之介の話をしていると教えてくれた。

あいつは筋金入りのぶっとび野郎だ、だから、かならず一流の火盗改になる、と山辺は、剣之介の型破りさをおおいに買ってくれているそうだ。

さすがの剣之介もぐっときた。

「長谷川さんにしても山辺のおっさんにしても、おれが居ないと寂しいだろうから、残ってやるか。他の連中は迷惑だろうけどさ」

気分が晴れ、剣之介は正次郎に飲もうと語りかけた。

「剣さんが火盗改を続けたら、同僚の皆さん以上に迷惑がる連中がいますよ」

正次郎はちろりを差しだした。

剣之介は、ちろりの酒を猪口で受け、

「誰だい……」

「そりゃもちろん、江戸中の……いや、日本中の盗人たちですよ」

ちろりから正次郎は、酒を剣之介の猪口に注いだ。

「よし、もっともっと迷惑がられ、嫌がられてやるか。盗人と火盗改の連中にさ」

剣之介は猪口の酒を、ぐいっと飲み干した。
寒夜の座敷は、ふたりの笑い声で温もりに包まれた。

コスミック・時代文庫

最強同心（さいきょうどうしん） 剣之介（けんのすけ）

紅蓮の吹雪

2021年10月25日 初版発行

【著 者】
早見（はやみ） 俊（しゅん）

【発行者】
杉原葉子

【発 行】
株式会社コスミック出版
〒154-0002 東京都世田谷区下馬 6-15-4
代表 TEL.03(5432)7081
営業 TEL.03(5432)7084
FAX.03(5432)7088
編集 TEL.03(5432)7086
FAX.03(5432)7090

【ホームページ】
http://www.cosmicpub.com/

【振替口座】
00110-8-611382

【印刷／製本】
中央精版印刷株式会社

乱丁・落丁本は、小社へ直接お送り下さい。郵送料小社負担にてお取り替え致します。定価はカバーに表示してあります。

ISBN978-4-7747-6324-8 C0193

COSMIC
時代文庫